Kadokawa Fantastic Novels
怕痛的我，把防禦力點滿就對了
夕蜜柑
［插畫］狐印
All points are divided to VIT. Because a painful one isn't liked.
15
培因
Payne's STATUS
Lv134
HP 1235/1235
MP 635/635
[STR 230]
[VIT 230]
[AGI 200]
[DEX 80]
[INT 80]

在白熱化的大型對抗戰中——
「我會努力打贏他們的！」

「守得住就守給我看啊。」

「嗯，知道了。」
「危險的時候我會幫妳彈開，相信我。」
在九死一生的危機中——

怕痛的我，
把防禦力點滿就對了
夕蜜柑
[插畫]狐印
15
Welcome to
"NewWorld Online".
Kadokawa Fantastic Novels

CONTENTS

All points are divided to VIT.
Because
a painful one isn't liked.

0850 1048 4070 7603

NewWorld Online STATUS

GUILD 大楓樹

NAME 梅普露 Maple LV 74

HP 200/200 MP 22/22

PROFILE

最強最硬的塔盾玩家

雖然是遊戲新手，卻因為全點防禦力而成了幾乎能無傷抵擋所有攻擊的最硬塔盾玩家。個性純真，能從任何角落找出樂趣，經常因為思想太跳躍而嚇傻身邊的人。戰鬥時不僅能使各種攻擊形同無物，還會打出各式各樣強力無比的反擊。

STATUS

STR 000 VIT 20430 AGI 000

DEX 000 INT 000

EQUIPMENT

新月 skill 毒龍

闇夜倒影 skill 暴食 / 水底的引誘

黑薔薇甲 skill 流滲的混沌

感情的橋梁

強韌戒指

生命戒指

SKILL

「盾擊」「步法」「格擋」「冥想」「嘲諷」「鼓舞」「沉重身軀」

「低階HP強化」「低階MP強化」「深綠的護祐」

「塔盾熟練X」「衝鋒掩護VI」「掩護」「抵禦穿透」「反擊」「快速換裝」

「絕對防禦」「殘虐無道」「以小搏大」「毒龍吞噬者」「炸彈吞噬者」「綿羊吞噬者」

「不屈衛士」「念力」「要塞」「獻身慈愛」「機械神」「蠱毒咒法」「凍結大地」

「百鬼夜行I」「天王寶座」「冥界之緣」「結晶化」「大噴火」「不壞之盾」「反轉重生」「操地術II」

「至魔之巔」「救濟的殘光」「重生之闇」

TAME MONSTER

Name 糖漿 防禦力極高的龜型怪物

「巨大化」「精靈砲」「大自然」 etc.

All points are divided to VIT. Because a painful one isn't liked.

Welcome to "NewWorld Online"

6892 1179 0606 0847

NewWorld Online STATUS

GUILD 大楓樹

NAME 莎莉 Sally

LV 77

HP 32/32 MP 130/130

PROFILE

絕對迴避的暗殺者

梅普露的死黨兼夥伴，做事實事求是。很照顧朋友，不忘和梅普露一起享受遊戲。採取輕裝配雙匕首的戰鬥風格，憑藉驚人專注力與個人技術閃躲各種攻擊。

STATUS

STR 150 VIT 000 AGI 190

DEX 045 INT 060

EQUIPMENT

深海匕首 / 水底匕首

水面圍巾 skill 幻影

大海風衣 skill 大海

大海衣褲 / 死人腳 skill 步入黃泉

感情的橋梁

SKILL

疾風斬 破防 鼓舞

倒地追擊 猛力攻擊 替位攻擊 精準攻擊

快速連刺Ⅴ 體術Ⅷ 火魔法Ⅲ 水魔法Ⅲ 風魔法Ⅲ 土魔法Ⅲ 闇魔法Ⅲ 光魔法Ⅲ

高階肌力強化 高階連擊強化

高階MP強化 高階MP減免 高階MP恢復速度強化 低階抗毒 低階採集速度強化

匕首熟練Ⅹ 魔法熟練Ⅲ 匕首精髓Ⅴ

異常狀態攻擊Ⅷ 斷絕氣息Ⅲ 偵測敵人Ⅱ 躡步Ⅰ 跳躍Ⅴ 快速換裝

烹飪Ⅰ 釣魚 游泳Ⅹ 潛水Ⅹ 剃毛

超加速 古代之海 追刃 博而不精 劍舞 金蟬脫殼 操絲手Ⅹ 冰柱 冰凍領域

冥界之緣 大噴火 操水術Ⅶ 替身術

TAME MONSTER

Name 朧 能以豐富技能擾亂敵人的狐型怪物

瞬影 影分身 束縛結界 etc.

...oints are divided to VIT. Because a painful one isn't liked

Welcome to "NewWorld Online"

0557 4654 3729 1094

NewWorld Online STATUS

GUILD 大楓樹

NAME 克羅姆 Kuromu

Lv 92

HP 940/940 MP 52/52

PROFILE

不屈不撓的殭屍坦

NewWorld Online的知名高等老玩家，是個很照顧人的大哥哥。和梅普露一樣是塔盾玩家，身上的特殊裝備使他無論遭遇何種攻擊都能以50％機率留下1HP，並具有多種補血技能，能極為頑強地維持戰線。

STATUS

STR 145 VIT 200 AGI 040

DEX 030 INT 020

EQUIPMENT

斷頭刀 skill 生命吞噬者

怨靈之牆 skill 吸魂

染血骷髏 skill 靈魂吞噬者

染血白甲 skill 非死即生

頑強戒指 鐵壁戒指

感情的橋梁

SKILL

突刺 屬性劍 盾擊 步法 格擋 大防禦 嘲諷

鐵壁姿態

護壁 鋼鐵身軀 沉重身軀 守護者

高階HP強化 高階HP恢復速度強化 高階MP強化 深綠的護祐

塔盾熟練X 防禦熟練X 衝鋒掩護X 掩護 抵禦穿透 群體掩護 反擊

防禦靈氣 防禦陣形 守護之力 塔盾精髓X 防禦精髓X

毒免疫 麻痺免疫 暈眩免疫 睡眠免疫 冰凍免疫 高階燃燒抗性

挖掘IV 採集VII 剃毛 游泳V 潛水V

精靈聖光 不屈衛士 戰地自癒 死靈淤泥 結晶化 活性化

TAME MONSTER

Name 涅庫羅 穿在身上才能發揮價值的鎧甲型怪物

幽鎧裝甲 反射衝擊 etc.

All points are divided to VIT. Because a painful one isn't liked.

Welcome to "NewWorld Online"

NewWorld Online STATUS

GUILD **大楓樹**

NAME **伊茲** Iz

LV **76**

HP 100/100 MP 100/100

PROFILE

超一流工匠

對製作道具有強烈執著，並引以為傲的生產特化型玩家。在遊戲世界能隨心所欲製造各種服裝、武器、鎧甲或道具，是這款遊戲對她而言最大的魅力。雖然平時會盡可能避免戰鬥，最近也經常以道具提供支援或直接攻擊。

STATUS

STR 045 VIT 020 AGI 105
DEX 210 INT 085

EQUIPMENT

- 鐵匠鎚・X
- 鍊金術士護目鏡 skill 搞怪鍊金術
- 鍊金術士風衣 skill 魔法工坊
- 鐵匠束褲・X
- 鍊金術士靴 skill 新境界
- 藥水包 / 腰包
- 感情的橋梁

SKILL

「打擊」「廣域散布」
「製造熟練X」「工匠精髓X」
「高階強化成功率強化」「高階採集速度強化」「高階挖掘速度強化」
「高階增加產量」「高階生產速度強化」
「異常狀態攻擊Ⅲ」「躍步Ⅴ」「望遠」
「鍛造X」「裁縫X」「栽培X」「調配X」「加工X」「烹飪X」「挖掘X」「採集X」「游泳X」「潛水X」
「剃毛」
「鍛造神的護祐X」「洞察」「附加特性Ⅶ」「植物學」「礦物學」

TAME MONSTER

Name **菲** 幫助製作道具的小精靈

「道具強化」「再利用」 etc.

All points are divided to VIT. Because a painful one isn't liked.

Welcome to "NewWorld Online"

2128 0779 2864 5999

NewWorld Online STATUS

GUILD 大楓樹

NAME 霞 Kasumi

LV 88

HP 435/435 MP 70/70

PROFILE

孤絕的舞劍士

善用武士刀，是實力高強的單打型女性玩家。個性沉著，時常退一步觀察狀況，但梅普露&莎莉這對破格拍檔還是會讓她錯愕得腦筋短路。擅長以變化自如的刀技應付各種戰局。

STATUS

STR 210 VIT 080 AGI 120

DEX 030 INT 030

EQUIPMENT

蝕身妖刀・紫 櫻色髮夾

櫻色和服 靛紫袴裙 武士脛甲

武士手甲 金腰帶扣

感情的橋梁 櫻花徽章

SKILL

「一閃」「破盔斬」「崩防」「掃退」「立判」「鼓舞」「攻擊姿態」

「刀術Ｘ」「一刀兩斷」「投擲」「威力靈氣」「破鎧斬」「高階HP強化」

「中階MP強化」「高階攻擊強化」「毒免疫」「麻痺免疫」「高階暈眩抗性」「高階睡眠抗性」

「中階冰凍抗性」「高階燃燒抗性」

「長劍熟練Ⅹ」「武士刀熟練Ⅹ」「長劍精髓Ⅷ」「武士刀精髓Ⅸ」

「挖掘Ⅳ」「採集Ⅵ」「潛水Ⅷ」「游泳Ⅷ」「跳躍Ⅶ」「剃毛」

「望遠」「不屈」「劍氣」「勇猛」「怪力」「超加速」「常在戰場」「戰場修羅」「心眼」

TAME MONSTER

Name 小白 擅長藉濃霧偷襲的白蛇

「超巨大化」「麻痺毒」 etc.

I'll points are divided to VIT. Because a painful one isn't liked.

Welcome to "NewWorld Online"

NewWorld Online STATUS

GUILD 大楓樹

NAME 奏 Kanade

LV 66

HP 335/335 MP 250/250

PROFILE

難以捉摸的天才魔法師

具有中性外表和卓越記憶力的天才玩家。雖然擁有這樣的頭腦讓他平時避免與人接觸，但遇到純真的梅普露之後很快就和她打成一片。能夠事先將魔法製成魔導書存放起來，有需要再拿出來用。

STATUS

STR 015 VIT 010 AGI 125

DEX 080 INT 205

EQUIPMENT

諸神的睿智 skill 神界書庫

方塊報童帽・X

智慧外套・X 智慧束褲・X

智慧之靴・X

黑桃耳環

魔導士手套 感情的橋梁

SKILL

「魔法熟練Ⅷ」「快速施法」

「高階MP強化」「高階MP減免」「高階MP恢復速度強化」「高階魔法威力強化」「深綠的護祐」

「火魔法Ⅶ」「水魔法Ⅵ」「風魔法Ⅹ」「土魔法Ⅴ」「闇魔法Ⅲ」「光魔法Ⅷ」「游泳Ⅴ」「潛水Ⅴ」

「魔導書庫」「技能書庫」「死靈淤泥」

「魔法融合」

TAME MONSTER

Name 湊 能複製玩家能力的史萊姆

「擬態」「分裂」 etc.

NewWorld Online STATUS

GUILD 大楓樹

NAME 麻衣 Mai

LV 60

HP 35/35 MP 20/20

PROFILE

孿生侵略者

梅普露所發掘的全點攻擊力新手玩家，結衣的雙胞胎姊姊。總是努力想彌補缺點，好幫上大家的忙。擁有遊戲內最頂級的攻擊力，近距離的敵人會被她們的雙持巨鎚砸個粉碎。

STATUS

STR 530 VIT 000 AGI 000

DEX 000 INT 000

EQUIPMENT

- 破壞黑鎚・X
- 黑色娃娃洋裝・X
- 黑色娃娃褲襪・X
- 黑色娃娃鞋・X
- 小蝴蝶結
- 絲質手套
- 感情的橋梁

SKILL

「雙重搥打」「雙重衝擊」「雙重打擊」

「高階攻擊強化」「巨鎚熟練X」「巨鎚精髓Ⅰ」

「投擲」「遠擊」

「侵略者」「破壞王」「以小搏大」「決戰態勢」「巨人雄威」

TAME MONSTER

Name 月見　有一身亮眼黑毛的熊型怪物

「力量平分」「星耀」 etc.

All points are divided to VIT. Because a painful one isn't liked.

Welcome to "NewWorld Online"

5272 0557 2241 2738

NewWorld Online STATUS

GUILD 大楓樹

NAME 結衣 Yui

LV 60

HP 35/35 MP 20/20

PROFILE

孿生破壞王

梅普露所發掘的全點攻擊力新手玩家，麻衣的雙胞胎妹妹。個性比麻衣更積極，更容易振作。擁有遊戲內最頂級的攻擊力，遠距離的敵人會被伊茲為她們製作的鐵球砸個粉碎。

STATUS

STR 530 VIT 000 AGI 000

DEX 000 INT 000

EQUIPMENT

破壞白鎚・X

白色娃娃洋裝・X

白色娃娃褲襪・X

白色娃娃鞋・X

小蝴蝶結　絲質手套

感情的橋梁

SKILL

「雙重搥打」「雙重衝擊」「雙重打擊」

「高階攻擊強化」「巨鎚熟練X」「巨鎚精髓Ｉ」

「投擲」「遠擊」

「侵略者」「破壞王」「以小搏大」「決戰態勢」「巨人雄威」

TAME MONSTER

Name 雪見　有一身亮眼白毛的熊型怪物

「力量平分」「星耀」 etc.

All points are divided to VIT. Because a painful one isn't liked.

Welcome to "NewWorld Online"

第十次活動陣營介紹

※截至第一夜前

火焰與荒地之國

VS

流水與自然之國

序章

流水與自然，火焰與荒地兩國，將第九階地區一分為二。

在這場第十次活動中，玩家們要選擇一個國家，目標攻進王城最深處的王座。

梅普露這邊選擇的是火焰與荒地之國，並因此與【聖劍集結】同盟，對抗【炎帝之國】【Rapid Fire】【thunder storm】聯軍。

久違了的ＰＶＰ，使梅普露也鬥志高昂起來。各處發生的小型會戰，都在搜敵能力極強的威爾巴特與莉莉壓制之下。集團戰方面，蜜伊的絕招【黎明】——免傷技能也無法抵擋的超大範圍攻擊，也使得損害不斷擴大。

然而面對如此逆境，梅普露等人的奇襲和支援仍屢建奇效。後來狂暴化怪物大軍如期發生，若置之不理就會一路殺進王城去，雙方被迫在地圖中央激烈衝突。

培因的聖劍沒能一口氣剿滅薇爾貝和蜜伊，遭到【雷神之鎚】和【黎明】的反擊，但在梅普露與莎莉的努力下躲過危機，梅普露的新底牌【重生之闇】更是翻轉了戰局。

由玩家、怪物甚至友軍為材料重新構築的異形大軍，使得敵方戰線節節後退。

隨後便是激烈的追擊戰。莎莉擊殺辛恩，梅普露擊殺米瑟莉，不過薇爾貝和雛田也以打倒絕德和多拉古回敬。在犧牲者層出不窮的戰局中，莉莉把握機會幫助蜜伊等人成功撤退，使得追擊戰在各損元氣的狀況下落幕。

這場雙方絕招盡出的大規模集團戰，就這麼在各種無上對策化險為夷之下沒能底定活動勝負，時間來到了偷襲與策略掛帥的黑夜。

第一章　防禦特化與毒雨

大規模會戰使得雙方都大有損傷，身心俱疲的玩家們沒有再強行進攻，時間暫時平緩地流逝，太陽沉入地平線底下。

「可以了嗎，梅普露？」

「沒問題！我充分休息過了！」

王城中，梅普露吃完大廚準備的甜點，做好萬全準備。

「天黑就出發喔。我跟【聖劍集結】他們聯絡過了。」

「嗯！希望順利成功。」

「對面大概很難猜到吧。應該沒人知道妳那個是什麼道理才對。」

夜晚是偷襲與小型游擊特別活躍的時段。本次作戰的核心似乎是梅普露，不是莎莉。梅普露那些技能太過招搖，不適合偷襲，但她們這次像是另有妙計。

「我們就暫時待命嘛。」

「對，先看看情況。」

反覆幾場戰鬥下來，玩家的人數愈來愈少，夜間又容易暗中行動，溜進敵營也不易察覺。

往敵陣進攻，就要花更多時間回來防守。若對方先一步攻進王城就得不償失了。要在確切擊敗敵軍的狀況下致力於基本防禦，攻守平衡做得好，才能熬過黑夜。

「就算有需要外出，也要盡可能避免單獨行動喔。」

「對啊，難以單獨應付的狀況也會變多。」

尤其是結衣和麻衣，遇上偷襲肯定不堪一擊，即使是出外支援也要提高警覺。

「梅普露姊姊，莎莉姊姊！要加油喔！」

「要特別小心喔……！」

「嗯，看我們的！有莎莉在，不用怕啦！」

「我們會加油的。尤其是在【不屈衛士】冷卻完之前。」

為了這場出擊，【大楓樹】已經養精蓄銳很久了。八人所在房間的門慢慢開啟，芙蕾德麗卡探進頭來。

「辛苦啦～怎麼樣，準備好了沒～？」

「沒問題！隨時能上！」

「那就出發吧～太陽下山嘍～」

梅普露和莎莉就此告別公會成員，離開房間發動黑夜偷襲。

「好～加油——！」

「嗯嗯。梅普露畢竟是梅普露，穩著打喔～」

梅普露一出王城就叫出糖漿，三人合力用黑布裹住牠，只露出頭和四條腿，再騎上龜殼。

「電梯上樓～！」

隨梅普露一喊，糖漿立刻浮起並垂直上升。

「太好了～想說如果像結衣和麻衣打高爾夫那樣飛該怎麼辦咧～」

「這次不趕嘛。」

緩慢爬升的糖漿最後突破雲層，來到染遍夜色的天空高度極限。

「哇～好高喔……幸好我沒有懼高症～」

「不要掉下去喔！」

從這裡摔下去還能安然無恙的，只有梅普露而已。三人在如此危險的高度，橫跨夜空向敵軍前進。一望無際的天空中沒有任何標記物，但只要地圖在手就不會迷路。

「這樣應該很難發現吧。」

「還有包起來呢～」

替糖漿包黑布，是為了讓人難以發現牠在飛行。從底下看來，很難看出簡直與夜空同化的牠。

其實在這片本來就多雲的地區，從地面根本就看不見她們。包黑布單純是小心起見，以防萬一。

為了成功偷襲，完全躲過對方察覺比什麼都重要。

梅普露幾個就這麼不停地飛，神不知鬼不覺地來到了敵陣上空。

「差不多了吧，芙蕾德麗卡。」

「好的好的～該音符秀一下嘍～」

芙蕾德麗卡確定音符在頭頂上窩好後發動技能。

「【聲納】！」

特效以音符為中心呈漣漪狀擴散，對範圍內的個體產生反應。這和梅普露的【獻身慈愛】一樣沒有上下距離限制，從高空也能將地面納入偵測範圍之內。

「有耶～」

「這真的好方便喔。大概多少人？」

「十個聚在一起吧～？」

「梅普露，開始試吧。當實驗就好。」

「知道了！」

「那我也放ＢＵＦＦ嘍～？音符，【放大音量】！」

芙蕾德麗卡對音符下令，強化梅普露。效果是擴大技能與魔法範圍，然後等著看她如何表演。

「【酸雨術】！」

「【造水術】！」

空中張開紫色魔法陣，往地面滴滴答答地澆注毒液。

而莎莉設下的藍色魔法陣，則是造出單純的水，像雨一樣灑下，好讓底下的人都以為只是下雨。

他們還要花一段時間，才會注意到淋濕地面的液體夾雜了毒液吧。

「……就這樣～？」

「對，就這樣。主要是實驗性質啦。妳也知道梅普露的毒有多厲害吧？打【毒龍】出來一定會被抓包。」

「話是這樣說沒錯啦～」

覺得比想像中無聊太多的芙蕾德麗卡聳了聳肩。

「我還在考慮要不要到城裡下。被抓到的話恐怕是跑不掉。」

「感覺會被威爾巴特發現耶～」

芙蕾德麗卡還不知道，這場在對話當中逐漸淋濕地面的雨，是能夠直接殺死接觸者的毒中之毒。

來自能賦予毒系攻擊技能即死效果的【蠱毒咒法】。但願這場大範圍死亡之雨，能夠盡量葬送多一點玩家。

今晚天氣雨時有毒，局部地區恐有人喪生。

梅普露等人就這麼下著雨，慢慢深入敵陣。

在地面遍布流水且冰柱林立的黑夜裡，玩家們聚集起來，小心翼翼地往敵陣前進。

「附近……沒有人吧。」

「再怎樣也不會跑到這裡來吧，風險有點太高。」

「不過我們現在就是要去做這種高風險的事。」

他們的目的也是潛入敵陣偷襲，所以才警戒著四周跨越地圖。

「再檢查一次。有可能被包圍就要確實撤退，一旦決定攻擊就要全力出招，速戰速決。」

「ＯＫ。」

「沒問題。」

所有人都將專注力提升到極限，且士氣高昂。這當中，天上落下的雨點滴滴答答地在地面水窪砸出漣漪。

「下雨啦？」

「喔～會下雨喔。我都不知道。」

「還滿有這裡的感覺。」

在流水與自然的國度這個到處是涓涓細流，水文地形特別豐富的地區，下個雨並沒有任何不自然可言。

然而很不幸地，這個稱作粗心也略嫌苛求的忽略，使他們沒能及時認知天上掉下來的實際上是什麼東西。

啪唧。黑暗中有道脆響淡然響起。

「嗯……？」

帶頭的玩家覺得奇怪而回頭查看。

最後面，少了一個。

「喂，他到哪去了？」

「死、死了……？這……」

所有人都在戒備，有東西射來一定會注意到。

嘈雜之中，眼前又一個人啪唧一聲消失了。

「……！」

「撤、撤退！」

目前只知道自己遭到攻擊，類型、原理與來源一概不明，只有趕緊撤離的份。

「快跑！快跑！」

「莫名其妙！到底哪來的！」

啪唧、啪唧。眾人頭也不回地跑，不時還聽見有人陣亡的聲音。

不知那是敵方玩家的攻擊還是其他效果而無法迎擊，只能在雨中瘋狂奔逃。

他們是優秀的部隊，對梅普露也做好了萬全防備。全部免疫毒和麻痺，哪怕抗性被降也有道具可以應付。

但是，【毒免疫】導致得只會造成毒性傷害【酸雨術】失去作用，反而模糊了自己遭到攻擊的事實。

沒人發現那是一場悄悄降下死亡的雨。人們只曉得梅普露會用毒，沒有一個知道她的毒何時產生突變，開始具有即死效果。

◆□◆□◆□◆□◆

梅普露幾個就這麼持續造著雨。製造超級麻煩的雨雲盤據在天上，灑夠毒液就慢慢

離去。

「感覺好樸素喔～想說梅普露出馬，害我很期待轟轟烈烈的大場面呢～」

「抱歉喔？」

「啊哈哈，不用啦～能輕鬆擊殺當然最好啊～話說回來，真的有殺到人嗎～？」

「這個嘛，只有神才知道了吧？」

「畢竟沒有直接看見嘛……」

其實是真的有達到效果，不過音符的【聲納】冷卻時間長，還不能掌握實際狀況。

「那要不要到其他地方來個激烈一點的，然後馬上撤退？可是這樣會讓人知道梅普露來了。」

「不錯喔～我還是會想親眼看看成果～」

「那要去哪裡？」

「出來的時候，我已經把可以暫時用來當據點的地方記好了。到那邊再請芙蕾德麗卡偵察一下。」

那裡很可能會有玩家在，可以預期出現大量受害者。

三人就此前往的是地面附上一層薄冰的地區。

若有敵軍接近就會預先聽見薄冰破碎的聲響，適合用來休息。

「音符，【聲納】！……喔～真的有耶～」

「運氣不錯。能休息的不只這裡而已。」

「那麼梅普露，動手吧。」

「嗯！先把該準備的準備好！」

梅普露說完便裝備【拯救之手】，乘上變成平台的兩面盾。

「【全武裝啟動】！」

「芙蕾德麗卡，能幫她強化數量和範圍嗎？」

「當然可以，不過是給音符來！」

「ＯＫ，那妳抱緊梅普露喔。」

芙蕾德麗卡見到莎莉用絲線把三人綁在一起而察覺回去的方法，不禁拉長了臉。

「這樣飛真的很奇怪耶……」

梅普露將糖漿收回戒指，一隻手伸向地面。

「開始嘍！」

「嗯……好好好～！音符！」

芙蕾德麗卡認命地抱緊梅普露，對音符下令。

「【毒龍】！」

「音符，【信鴿】！【放大音量】【輪唱】【增幅】！」

梅普露一收到音符的強化，毒龍的頭立刻放大一倍，將吐出範圍更大的毒海。

這場過於強烈的雨頓時席捲底下玩家，簡直像是被砸進瀑布底下的深潭一樣。

沒人能從這片大範圍毒沼生還吧，梅普露的毒可是特製的。

由於攻擊準備得夠迅速，【聲納】效果還在，芙蕾德麗卡得以看見玩家一個個減少。

「喔……是抗毒不夠嗎～？」

「要回去嘍！」

「哇～對喔……！」

「【獻身慈愛】！」

梅普露不忘保護兩人不受自爆炸傷，一口氣飛向自家陣營。

高度充足。即使呈拋物線墜落，也能飛上好一段距離。

「落地怎麼辦～！」

「哪會有什麼怎麼辦！直接往地上撞下去啊！」

「妳們這樣飛真的太奇怪了啦～！」

芙蕾德麗卡悽慘的叫嚷在夜空中響起。所幸高度很夠，不會被敵軍聽見。

與此同時，遠處敵陣看見了流星。不過沒人發現那劃過夜空的光芒，其實是爆炸燃燒，並高速墜落的梅普露吧。

如此，自然也無從追擊起。儘管毒沼即是梅普露來過的證據，發覺時她人已經在城鎮裡頭了。

三人就這麼留下清晰的爪痕，往城鎮墜落。

當梅普露幾個成為夜空中的流星時，敵方陣營城鎮尚未接獲毒雨的消息，和她們之前一樣各自休息。

休息當中，從活動開始前就已經在討論戰術的【thunder storm】和【Rapid Fire】同樣在商討後續計畫，要相互配合同時出擊。

「……像這樣不說話，感覺就差好多喔。」

坐在莉莉面前的薇爾貝端莊嫻淑，完全不像是先前在戰場上電閃雷鳴，不斷揍飛、宰殺玩家的人。

「是不是？呵呵，刮目相看了嗎？」

「請讓我訂正，也不用不說話，只要這樣講話就行了。」

從一些不經意的小動作，即可看出她受過嚴格教育，讓莉莉十分好奇她究竟是走錯哪一步才變成用拳頭打天下的近戰型玩家。

「薇爾貝在非鎮定不可的時候經常會變這樣。」

「是所謂的……從表面工夫做起嗎。」

「這樣是真的不像是會帶頭突擊的人呢。」

既然要休息，大家就百無禁忌地聊了起來。莉莉沒有過度追問現實世界的種種，喝一口自己準備的紅茶。

「呼，太陽都下山了。真想跟威爾找個地方巡一下。」

「薇爾貝小姐，有什麼想法？」

「就照原訂計畫吧……」

「好，那我留下來待命……真的只有一點點，只有一點點想去的啦！」

「喔，本性跑出來了。」

怎麼看都不像一點點的樣子，惹來莉莉的苦笑。可是莉莉和威爾巴特主要在後方支援，雛田專靠【重力操控】黏在薇爾貝身上移動，薇爾貝卻不僅跑了一整天，又經歷好幾場辛苦的戰鬥，疲勞程度不是他們可以相比。

在緊要關頭，絕不能讓疲勞拖慢了動作。

「外面在吵什麼啊……？」

「發生什麼事了嗎……」

威爾巴特和雛田注意到門的另一邊傳來慌亂的聲響。

「威爾，去看看吧。可能有人偷襲了。」

「雛田、雛田！」

「好啦。不過……不可以勉強喔。」

四人一起出去，見到幾個男性玩家驚慌失措地跟公會成員描述事情經過。

「完全搞不懂，突然就被不曉得什麼東西攻擊了……」

「可以再跟我我們說一次嗎？」

「好，沒問題！」

聽過細節以後，他們也了解到那有多棘手。

「原來如此，謝謝你告訴我們。我們出去以後會小心一點。」

「一定要小心喔。啊啊……有夠慘的。」

向離去的疲憊玩家告別後，四人開始整理新知。

「我想是來自地底或空中的攻擊，莉莉妳覺得呢？」

「我也是這樣想。突然下雨感覺很奇怪，比較可能是空中吧。」

有人遇害之前，那場雨是最明顯的變化。當然，有可能下的並不是雨。

「另外！還有一件事很讓人很在意的啦！」

戰鬥的氣息使薇爾貝再也無法慢慢坐下來休息，完全切換成戰鬥模式，指出另一個問題點。

「照這樣看來，這個攻擊……沒有傷害特效對不對？」

沒有傷害特效卻死了，的確很奇怪。

例如威爾巴特的遠距離狙擊命中玩家，對方多半也是不堪一擊，但應該會在中箭時噴出激烈的傷害特效。

能瞬間殺死玩家的攻擊皆是如此。

「那就是即死效果吧。這很少見，我幾乎沒看過玩家用。」

而莉莉見過的，也是犧牲了射程或範圍，換取強力效果的能力，不符合這個案例。

不過即死的確符合沒有傷害特效的條件。

「一定要想辦法避免『發現時已經中招了』的情況。既然這樣，那也沒有別的辦法了……」

威爾表情變得有些凝重，原因只有莉莉知道。

「嗯，拜託了。現在需要更大範圍的搜敵能力。能麻煩你檢查一下嗎？」

「好。對方是真的非常接近過，很有可能還躲在附近。」

「那就用吧。開始了，威爾。【休眠】。」

莉莉使用技能，稍候片刻後使用相對技能【甦醒】恢復宣告前的狀態，再對威爾巴特問：

「怎麼樣？」

「……沒有耶。沒問題了的樣子。」

「唔唔唔，那是召喚魔寵用的技能沒錯吧！」

「那是我特地保留的祕密武器喔。」

「先【休眠】……再【甦醒】，也就是說現在還在，不過……？」

不僅看不見，還對威爾巴特也有效。薇爾貝和雛田只能瞎猜兩人究竟用了什麼效果。

無論如何，狀況就是如此。他們應該沒有說謊，真的是確實搜過敵人蹤跡了。

「好啦，搜完了。嗯，希望有一天能看到妳們的夥伴。」

薇爾貝和雛田的魔寵比莉莉他們更神祕，據說不曾有人看見。

「有機會再說的啦！」

「我會等妳的。」

既然捱了人家一拳，就要還以顏色。莉莉等人開始討論對策。

剩下的玩家每個都重要，不能單方面挨打。

眾人對下一場戰鬥嚴陣以待的同時，夜也逐漸深了。

第二章　防禦特化與千鈞一髮

鐺一聲巨響，一團黑色物體砸在地上並不停滾動，往光亮地面灑出一大片殘骸碎片。黑色物體漸漸慢下來，帶著一捲沙塵停住。

「到站——！」

「感覺回來比出去偷襲累多了～」

「既然沒遇到什麼事，這也是正常的啦。」

黑色物體即是梅普露。當然沒有玩家能夠追擊利用爆炸在高空移動的梅普露，她自然是成功墜落在自軍王城周邊。

「不太可能有人追過來吧～」

「就是說啊。」

「先回城裡去？」

「嗯，我是這樣想。希望梅普露也能配合其他地方進攻，要用同一招的話，就跟芙蕾德麗卡一起。」

「又要這樣回來的話我不要喔～」

「是妳自己想要轟轟烈烈的啊？」

「樸素一點的也很好啦。嗯嗯，我改變想法了～」

下次走安穩路線吧，芙蕾德麗卡對自己說道。只要不用會被敵人發現而追過來的招搖打法，就能搭糖漿慢慢回來了。

「那我們回去吧！被人盯上就糟糕了！」

「就是啊，無論何時都不能疏忽大意。」

三人趕緊回到城裡。梅普露的自爆技術愈來愈熟練，抓到了往目的地修正軌道的訣竅，離城鎮並不遠。

「呼……辛苦啦～能飛到那麼高真的好棒喔～不曉得音符以後會不會也長到那麼大～」

「……感覺不會耶。」

「好像有點難想像。」

「平常都是騎雷依，所以還好啦～要正式進攻的時候再聯絡我吧，ＢＵＦＦ再多都幫妳們放～」

「嗯！」

「到時候配合【聖劍集結】整體的腳步比較好吧？」

「是啊～那樣我比較方便～」

三人姑且檢查空中是否有可疑飛行物體，同時往王城走去。說不準敵方也打算作同樣的事。

現在薇爾貝和雛田，莉莉和威爾巴特，以及蜜伊和馬克斯都確定有飛行能力。最令人警戒的這三個公會，很有可能發動空襲。

同時，那些玩家每一個都具有造成大範圍損害的能力。將他們有可能單獨來襲也納入考量，比較容易沉著應變。

「像這樣晚上偶爾出去打一下就好嗎？」

「能只是這樣就輕鬆了。」

「難說喔～薇爾貝就是什麼時候衝過來都不奇怪那種～」

白天戰鬥持續不斷，夜裡有更多玩家需要休息。若雙方都盤據城中以防守為重，狀況就難有改變。但若有公會將疲勞、黑暗與玩家減少視為攻擊良機而一舉猛攻，就會再度爆發激烈衝突。

「而且晚上視野不好，支援難度會變高吧～」

「好像真的是這樣……」

「如果對方就是要打過來，那我們也只能應戰了。梅普露先去準備一下吧。」

「嗯，知道了！」

若敵軍來犯，勢必只能應戰。不然就是單方面受害了。

「所以與其等對方打過來，不如整理好狀況主動打過去。妳看，先前的偷襲也是利用優勢速戰速決，是吧？」

「嗯嗯。」

「可是這樣的話，威爾巴特就很討厭了呢～」

「所以要找個機會——」

「想辦法打倒他嘍～」

威爾巴特仍在這片戰場上，人人無不忌憚。像芙蕾德麗卡這樣的玩家，若無法掌握位置，一眨眼就會被他放倒。

「做得到嗎……」

「他的防禦應該不會硬到哪裡去，能靠近就有機會。」

「難就難在這裡嘍～」

他常駐的搜敵能力範圍大得異常，比音符還要強大。那眼力不僅便於先發制人，也能提早發現敵人接近而迅速撤退，隨心所欲。

「我再想想看。想一個比較實際的好方法。」

「嗯～」

「靠妳嘍，莎莉！」

「看我的。」

芙蕾德麗卡聽出莎莉其實已經有至少一步棋，只是風險太高，不敢冒然執行，覺得沒有必要多問就算了。

「想到好方法再告訴我喔～嗯～勝算八成那種的？」

「太貪心了吧？」

「會嗎～？」

「如果勝算真的能那麼高就太好了！」

這次很順利，希望下次也能如此，梅普露鼓舞二人，稍微加快腳步跟上。

「嗯～要穩操勝券的方法啊……」

莎莉邊走邊想。

當然，她很清楚這種事沒有必勝法。如同對方不清楚莎莉操縱幻象的技能機制，對方也會有莎莉仍不了解的招式。

這點將使得戰鬥裡沒有絕對二字。

而且想逼死對方，還得要對方堅決不退，陪他們打到底才行。

因此，己方勢必得背負風險，找出某種能讓對方覺得打下去更有利的誘餌。

莎莉心裡已經有一個想法，但是她不能那麼做。

「總之我會盡量去想，梅普露妳就靜候佳音吧。」

對梅普露這麼說之後，莎莉將注意力轉向高聳的城牆外。

敵軍現在最想擊殺，且必須擊殺的對象，即是失去【不屈衛士】保護的梅普露。

要趕在換日之前，且最好是全身而退。

再怎麼強大的玩家，都還沒有一個能夠踏進敵方城鎮。

自己當餌就算了，莎莉實在不敢執行拿梅普露冒險的作戰計畫。

「那梅普露，妳先去休息吧。」

「好～！」

莎莉送梅普露到王城最深處後關上門，放心地鬆口氣。

敵人的攻擊再怎麼厲害，也不可能破壞王城直達梅普露。

「現在離城鎮變成戰場還要很久吧。」

得先經過城牆和城下鎮才能抵達王城，且兩者都有耐用度設定。

希望在最後決戰裡，破壞城門城牆淹進城鎮殺入王城的是自己這邊。

「很順利的樣子嘛。」

「啊，培因。」

培因已接到芙蕾德麗卡的報告，得知了先前偷襲的戰果。

「對方似乎沒當場看到，不過應該猜得到是誰做的。」

「是啊，聽說最後還用了【毒龍】嘛。能放那麼多毒的玩家也沒別人了。」

「再來有什麼打算？」

「很難決定。現在大部分玩家都在休息，比較難出現大型戰鬥，帶隊出去恐怕也得不到什麼戰果。」

強行出擊只會徒增疲憊。若敵方沒有動作，己方就不需要有大動作。

若真要出擊，就必須有明確目的。

「我也不能用技能搜敵，要帶芙蕾德麗卡才會有效率。」

芙蕾德麗卡也是不停在各個戰場間奔波。雖然她看起來和平常一樣，沒什麼疲態，該休息時還是得休息。

「如果絕德還在，就可以認真考慮夜間突襲了，但現在實在很難，尤其是疾影的技能替代性太低。【大楓樹】那邊呢？」

「老實說，希望是以迎戰為主……我們家梅普露還不是萬全狀態。」

「我也不想看到她倒在這裡。那好吧，我們就盡量減少沒意義的戰鬥，以牽制的方向來走。」

「謝謝。」

平時的梅普露雖能藉【機械神】的自爆飛行趕場，在沒有【不屈衛士】的情況下戰鬥實在很有懸念。

如此立定方針後，有道強光照上走廊上的大片玻璃窗。

那是來自遠方的雷光。這裡是火焰與荒地之國，怪物多為雷與火屬性，地形也同樣到處有岩漿噴發，有電光流竄並不稀奇。

不過——

「培因。」

「……好，我們去看看。」

不太對勁。感覺那不是源自地形。儘管他們對地形現象的週期、方向等並不是瞭若指掌，不敢武斷。但若那不是自然現象，做得到的只有一個而已。

如同梅普露留下了毒沼，這遊戲裡也有會留下雷電的玩家。

「雷依，麻煩了。」

莎莉和培因迅速出外，搭乘雷依起飛。

「如果真的是【thunder storm】，也沒必要這麼招搖吧。」

「是啊。而且就算是，速度也太快了。怎麼做到的……？」

「說不定是陷阱。如果情況太糟，我會用雷依幫擋。安全第一。」

「知道了。」

他們對雛田困住多拉古和絕德的技能【隔絕領域】了解太少，連可以怎麼選目標、有何條件都不知道，由這兩個能夠獨力應戰，又兼具頂級強度的兩人去探個虛實，風險會少一點。

培因和莎莉都有扛得住致命攻擊的技能。

失誤一次也不成問題。

要盡量減低風險，觀察狀況。

畢竟也有大軍壓境的可能。

兩人抱著感到危險就要立刻撤退的打算，往城牆外飛去。

◆□◆□◆□◆□◆

飛離城牆不久後，雷依慢慢降低高度。

「雛田能把飛行目標拉下來……最好小心一點。」

「被拉下來，動作也會嚴重受限嘛。」

兩人著地後查看四周，所見之處盡是荒地。到處有大岩塊等可供躲藏的掩體，沒見到敵蹤。

「也不是埋伏在我們降落位置的樣子。」

「是啊。還以為會有一、兩枝箭射過來呢。」

由於【Rapid Fire】可能就在附近，培因和莎莉提高警覺，開始確認周邊動靜。薇爾貝和雛田的技能影響範圍大，特效也相對顯眼。如果想來打倒他們，不太可能沒發現。

那麼該警戒的就是威爾巴特了，他擅長利用高強搜敵能力偷襲，來了也不奇怪。

莎莉用【冰柱】盡可能阻礙敵方火線四處偵察，結果雷光就只有他們見到的那一次，野外一如既往。

「……沒人嗎？」

「不像是有大軍的感覺。」

「雖然有可能躲起來了……可是再繼續往外找恐怕沒完沒了。」

「是啊。我們先回去，在城鎮周圍重點偵察吧……有種不太好的預感。」

敵軍或許存在，但總不能為了查明就不斷往敵陣前進。至少知道沒有大軍來到城鎮附近就夠了。

「你怎麼想？」

「我想是有人來了，但不像是為了積極開戰……」

也許是像莎莉、梅普露和芙蕾德麗卡用毒偷襲那樣，只想取得一定成果就走，或是

像白天派出伊茲裝炸彈那樣，設下了某種陷阱。

但若找不到敵軍實際來過的證據，這也不過是臆測罷了。

「雷光也是剛好我們往那邊看才注意到的。儘管看起來很招搖，說不定只是想搞偷襲而已。」

「是啊……也有可能是這樣。」

這次野外的電閃雷鳴都不需要特別戒備。在室內聽到雷聲會覺得有問題的玩家，想必是少數。

「為安全起見，我聯絡公會的人過來替我們再巡一下。」

就算來到了附近，長時間逗留敵陣的風險可不小，且不能忽視疲勞問題。如果再過一陣子也沒有大動靜，就可以放心休息了。

這裡離城鎮近，可說是有容易調動人馬協防的優勢。

「那我也留言通知一下。人愈多愈好，大家聚在一起也比較穩一點。」

「太好了。我對敵軍的動向實在沒什麼頭緒。」

對各自公會成員下指示，為避免背後遇襲，兩人再三警戒地離開現場。

◆□◆□◆□◆□◆

這時在王城內，訊息送到了。

「哎呀……這個嘛……」

「氣氛突然變得有點危險了耶。」

當【大楓樹】眾人圍著大桌享用伊茲準備的晚餐並就地休息時，收到了來自莎莉的訊息。

「莎莉眼睛真尖，我的話搞不好會漏掉。」

「感覺奏看到的話也會說跟平常不一樣呢。」

「是嗎？」

「那我們現在怎麼辦？」

「要是真的打來……」

「光靠培因他們也不好意思……嗯！我們也去幫忙吧！」

「ＯＫ。既然梅普露都這樣說了，我不反對。不過，人選方面我有想法。」

克羅姆難得出意見，梅普露洗耳恭聽，一個字也不想漏。

「這次我來。短時間內還不能讓妳勉強出擊。我只要運氣不要太差，失誤個幾次也

沒問題。」

克羅姆和梅普露不同，無法在情急時快速趕到前線。

發生戰鬥時誰應該先上場，是一目了然。

「那我也去。一對多的話，克羅姆守不住麻衣跟結衣的機會就會變大，更不用說天黑以後視線不好了。而且……」

霞瞥了瞥周圍成員的表情，略為苦笑。

「其他人的能力，都沒有人可以取代嘛。」

無論伊茲的道具和奏的魔法書，都不是其他玩家能夠模仿，至於梅普露等全點組就更不用提了。

「這次追求的是陣營的勝利，所以這種危險的角色就交給我吧。不過我可不會隨便亂死喔。」

「真的危險再找你們幫忙，我們先去看看狀況。」

「……知道了。拜託你們嘍，千萬小心！」

克羅姆和霞從梅普露確切感受到她的信賴，就此負起風險踏出王城。

兩人來到城牆邊時，發現了培因和莎莉。

「你們來得真快。」

「我們儘快趕過來了，狀況怎麼樣？」

「目前還沒有動靜……可是沒有動靜反而詭異。」

「城牆上……有威爾巴特在反而危險。但有小白保護的話，出去也可以，怎麼樣？」

「不用主動出去吧，打過來的話還有城牆。」

克羅姆敲敲眼前的牆面。城牆耐用度很高，被幾個強力技能打中也不會撼動分毫。要是有人想偷偷破壞城牆，不會沒注意到。即使看到敵方動靜再從這裡出擊，時間也十分充裕。

「你們那邊怎麼樣。」

「我也呼叫援軍了。主要找的是擅長搜敵的玩家。」

說人人到。幾個玩家騎著各自魔寵穿過夜晚的城鎮來到四人身邊。

「喔喔！可以快速移動真好，和搜敵也很搭。」

很遺憾，就目前而言，克羅姆就算裝上涅庫羅也不會有高速移動效果。

「太好了，我們的搜敵能力的確不怎麼樣。」

莎莉的搜敵能力是來自於她驚人的經驗，再怎麼說都和利用技能搜敵不一樣。想要確切資訊時，就是音符的【聲納】這樣的技能掛帥了。

「【聖劍集結】真的是人才濟濟啊。」

霞感受到大公會的強項，決定將這裡交給他們，做好呼叫小白的準備就此待命。

「培因，可以先搜一次嗎？對方有可能就躲在牆腳下，我這邊用掉了還有其他人可以搜。」

這個技能不只一個人有，可以不等冷卻時間輪班搜敵，把這附近查個仔細。

還是沒有搜到，就代表沒有了。大功告成。

「好，麻煩了。」

「【擴大範圍】【廣域偵測】！」

經過強化效果範圍的特效驟然飛散，瞬時將周邊資訊回報給使用者，而他急忙望向天空。

「咦……上面？」

同一時刻，強烈雷光照亮天空，灼燒大地的閃電光柱瞬時串聯天地。

「【守護者】！【精靈聖光】！」

轟隆巨響中，令人看不清前方的光柱包圍了所有人，並對周邊建築造成劇烈傷害。

這當中，反應迅速的克羅姆瞬間保護了所有人，並免除了原本該受的傷害，撐過這一擊。

隨強光消退，纏繞雷電的薇爾貝帶著雛田在稍遠處著地。

「果然厲害！真的不是只有梅普露的啦！」

「太扯了吧！妳就這樣衝進來喔！」

「妳覺得妳在這裡也會有勝算嗎？」

為薇爾貝和雛田不僅從空中偷襲，還直接跳進敵陣中央傻眼之餘，克羅姆和霞對敵人舉起武器。

「別想跑。」

培因也不打算讓她們全身而退，擺出戰鬥架勢。

「跑？我來就是要在這裡解決你們啦！」

「沒錯。你們也別想跑掉。」

她們這次突襲比莎莉幾個想像中更沒有撤退的意思。向四周擴散的寒氣與激烈的雷電之雨，宣告了這場避不了的戰鬥已經開始。

「培因。」

莎莉短短發信。

培因也了解她的意思。

「好，既然不跑，就直接打倒。」

能在這打倒她們，戰況將一口氣變得有利。冒這麼大的風險，就要付出代價，一定要在這裡拿下敵陣的兩大威脅。

「我要上嘍！毫不保留！」

當鼓譟的天雷傾注而下的同時，培因等人也向薇爾貝奔去。

培因、莎莉和霞一起踏過眼前道路，衝向薇爾貝。

即使落雷愈發強勁，破壞著附近建築，三人也義無反顧地殺進去。

危險本就不在話下，不這麼做就打不倒薇爾貝。

「【紫電】！」

拳勢迸射雷電，襲向三人後方的【聖劍集結】成員。

「別想！涅庫羅，【幽鎧裝甲】！」

克羅姆面無懼色，上前舉盾穩穩地抵擋電擊，使其失去作用。

「拜託你們支援前面三個！穿過來的電擊我來擋！」

「謝謝！」

他們也恢復鎮靜，各自以魔法攻擊，並繼續搜敵。

「……周圍沒有敵軍反應！」

「ＯＫ，那就專心在眼前的敵人上！」

克羅姆重新架定盾牌，凝視薇爾貝和雛田。只要纏鬥久了，就會有其他玩家趕到。

就算薇爾貝和雛田善於以少打多，也很難輕鬆獲勝，戰況是對這邊有利。

「反正我也追不上他們三個！」

前方三人正各自在薇爾貝的電雨中穿梭。

「【第八式・疾風】！」

「【守護聖劍】！」

霞降低【ＳＴＲ】和【ＩＮＴ】換取速度，培因藉強力減傷技能和盾牌防禦，並以大量被動技能提升能力值，而莎莉則是用純粹的迴避力突破這酷烈的風暴。

「厲害喔！……雛田！」

「……【星之鎖鍊】！」

「【退魔聖劍】！」

幾乎沒有閃躲的培因最快進入對方的技能範圍，被地面伸出的鎖鍊束縛。然而隨後掃出的聖劍將它們全數斬斷，立刻解除效果。

不過薇爾貝也利用這瞬間保持了距離。

「妳應該不太能忽視這招吧，不是嗎？」

「這個嘛……你說得沒錯。」

能指定對象的控場技能，對莎莉而言是種強力反制，雛田自然也明白這點。

可是莎莉卻彷彿完全看透了範圍，總是保持在範圍邊緣。而其他兩人造成的壓力，也沒小到能讓她保留這招針對莎莉。

「培因！」

「好！」

霞給培因打個信號，兩人同時逼近。他們要一個個削減雛田的技能，好讓莎莉正式參戰。

「我也會衝的啦！【電光飛馳】【疾驅】！」

薇爾貝見霞衝過來，改將雛田留在後方等候，藉技能加速上前。

「【心眼】！」

霞掌握落雷的正確位置，以毫無餘贅的動作一口氣接近。

「【脆弱冰雕】【重力壓迫】。」

雛田施放降低防禦力的技能，但霞硬是往薇爾貝斬去。

「【第六式・焰】！」

「【卸轉】！【全神一擊】！」

「小意思！」

薇爾貝的右直拳路線早已預先顯示在【心眼】之中，霞扭身閃避，並反挑剛斬下的刀，砍中眼前的薇爾貝。

「！很行嘛！」

薇爾貝迸出傷害特效時，培因也逼了過來。薇爾貝重整架勢轉向前方。

「就是現在！」

最後頭傳來克羅姆的聲音，同時有大量魔法射出。

「【冰牆】【冰柱】！」

雛田即刻防禦。但那只擋得下魔法，擋不下培因。

「雷依，【光之奔流】。」

「【極光】！」

眼見培因的聖劍光輝急增，薇爾貝在周圍召來強烈雷電。發光的地面向天迸射白色雷柱，拒絕培因接近。

「怕妳啊！」

「！」

「【聖龍光劍】！」

即使受到傾注的雷光燒灼而不停受傷，培因仍揮下了聖劍。不輸薇爾貝的光之奔流斬斷雷柱，直逼薇爾貝。

「【超加速】！【電磁跳躍】！」

儘管如此，薇爾貝仍把握機會攻擊。藉由加速向前，以毫釐之差躲過培因的攻擊並就此逼近。

「【高壓水柱】！」

「！莎莉！」

莎莉就是在等自己完全離開她注意的剎那。

薇爾貝剛起步就被水柱沖倒。雹雨仍留在周圍，對上培因和莎莉卻效果有限。

「「【超加速】！」」

培因和莎莉也用技能追上加速的薇爾貝。

這樣就對等了。薇爾貝不夠時間拉開距離重新來過。

莎莉和培因就是如此不斷地透露出一個訊息。

快點用掉。

「【悲嘆之河】！」

白霧四散，強烈寒氣凍結周邊的一切。培因和莎莉見狀立刻後退，薇爾貝也氣喘吁吁地重整旗鼓。

儘管成功拉開了距離，被迫用掉技能仍使雛田表情苦澀。

「放心啦，雛田。得救就好！」

薇爾貝用笑容表示情況沒那麼糟。

可是四周逐漸嘈雜，有眾多腳步聲響起，宣告狀況將大有改變。

打得這麼激烈，周邊玩家當然會知道發生什麼狀況而前來參戰。

「一起上！」

「好！」

「是！」

克羅姆也配合培因幾個和後到的玩家，改變位置向前進。

敵人變這麼多，她們多半不會再有餘裕忽略前方敵人，攻擊後方。

「我來掩護，你們放手去轟！」

一步一步確實地逼趕。哪怕會有所犧牲，只要能打倒那兩人都不算什麼。這就是此地所有玩家的共識。

「被包圍了呢……」

「啊哈哈，就是說啊！不過，我們就是在等這個！」

薇爾貝如此宣言，笑嘻嘻地再度出招。

「【過載蓄電】！」

緊接在劇烈雷鳴之後掃過地面的電光逼退了正想接近的玩家。

同時薇爾貝對操縱重力飄在她背後的雛田說：

「背後交給妳啦！」

「包在我身上。」

「【轟雷】！」

隨薇爾貝宣告技能，經過強化的雷柱驟然擴散，將玩家和屋宅一併灼燒。

培因幾個雖能避開，可是電雨的壓迫不斷增強，拒絕任何玩家接近。

「【強化重力】【重力牢】！」

雛田灑下擴大範圍的強力緩速技能，薇爾貝也隨之一口氣衝向培因幾個。

「【活性化】【防禦靈氣】！涅庫羅，【死亡之重】！」

「【連鎖雷擊】！」

克羅姆上前降低薇爾貝的移動速度，並舉起盾牌。

再怎麼樣也不能讓現在的薇爾貝接近莎莉。

薇爾貝正面揰了盾牌一拳，頓時雷光四濺，隨後傾注的雷擊更是毫不留情地灼燒克羅姆。

「唔……雛田搞的嗎！」

傷害程度比想像中還重。瀰漫於周遭的寒氣帶有連克羅姆的防禦力都難以招架的負面效果。

「克羅姆大哥！」

莎莉用絲線一口氣拉開克羅姆，並設下冰柱防止薇爾貝追擊。

「謝啦，莎莉！」

「克羅姆，【不屈衛士】還有嗎？」

「我只是扣很多血，這沒問題！」

「房子就不管了吧，那個技能應該有時間限制。」

「好。如果可以隨便用，她一開始就用了。大概跟芙蕾德麗卡的【瑪那之海】類似。」

只要【過載蓄電】結束，就能再次進攻。

「別想跑的啦！」

薇爾貝無視重力跳過冰柱，以打倒培因等人。就在看見目標的瞬間——

「趁現在！」

「「【火焰加農砲】！」」

「「【全神一射】！」」

「唔！」

「薇爾貝，先退……！」

瞄準薇爾貝的遠程攻擊，使她無法如願再逼近培因幾個。周圍玩家的攻擊，提醒她這片戰場是誰的地盤。

「真的是……不好打的啦！」

薇爾貝往四周灑下電雨，一個個擊殺玩家。

但這仍撼動不了他們的數量優勢。失去無敵技能的玩家就後退，讓撐得住的輪番上場，使薇爾貝感到造成的損害沒有想像中大，呼叫背後的雛田。

「雛田，拜託一下。」

「……知道了。」

薇爾貝放棄打倒周圍玩家，向城牆跑去。察覺她在撤退的人立刻以包圍方式追上，不讓她輕易逃跑。

「別讓她跑了！」

「是！」

「有叫人從城牆那裡圍了！」

「好！這樣就不會直接突襲王座了！」

幸虧薇爾貝十分顯眼，不會追丟，要從前方堵她很容易。

「【寒冰城】！」

儘管如此，聳立的冰牆仍阻礙了人潮進逼。

在大量攻擊下，冰牆很快就被追兵搗毀，但是對薇爾貝而言那就夠了。

「看招！」

就在那爭取到的片刻。

薇爾貝向天揮拳，打出照亮天空的劇烈雷光。響徹八方的巨響令人能輕易聯想接下來會發生什麼事。將燒滅所有追兵的【雷神之鎚】，正等待著出擊的瞬間。

「先把她幹掉！」

「想得美……！【羽翼消融】！【凍結大地】！」

雛田將試圖接近的培因等人強制壓向地面、釘住腳步，再多賺一瞬間。要補上【寒冰城】拉開的距離，還需要那麼點時間。

但就在雷電串起天空與大地之前，王城前方傳來爆炸聲。

那是莎莉幾個所熟悉的聲音。那渾身爆炎，背上長出天使之翼的人物就是梅普露。

突如其來的援軍。

薇爾貝和雛田也很快就注意到她。

「梅普露……」

「等很久了啦！」

終於現身了。

薇爾貝面露疲色地如此低語。

天上。

威爾巴特和莉莉身穿能以技能阻礙搜敵的黑色大衣，在飛行器上靜候此刻多時了。

「威爾，別射偏喔。」

「當然，怎樣都不會。」

威爾巴特拉動弓弦。現在的薇爾貝不會擊出【雷神之鎚】，那只是幌子。

「她會來的，一定會來。她就是那種玩家。」

當同伴有危險，她就會挺身而出。僅見過幾次面，莉莉就感受到梅普露是不會主動割捨同伴的人。

等她飛來，就把她擊落。

這一切都是為了將梅普露引出王城。

「那種機械手臂很難舉盾吧。」

熊熊燃燒的梅普露在夜空中十分顯眼。威爾巴特拉滿了弓，在梅普露進入射程的瞬間立刻放箭。

「【長程射擊】【滅殺之箭】。」

箭矢高速飛翔。梅普露沒有【不屈衛士】，也沒有事先察覺的能力。

這一刻也沒有人能替她舉盾。

赤紅閃光直逼而來。當梅普露發現那是什麼，已經反應不來了。

「哇……！」

明白自己無能為力的梅普露不禁閉上眼睛。

接下來的，是金屬撞擊聲。

「別想！」

「……莎莉！」

梅普露不會錯看眼前飄逸的藍色圍巾。莎莉再將梅普露抱到隱蔽處避難，以防敵人追擊。

「莉莉！」

「好，我去接她們！」

「怎麼會這樣……」

威爾巴特全看在眼裡。

梅普露衝上天空的瞬間，只有莎莉單獨往梅普露跑。

那當然不是因為見到了箭，也不是預測，像是出於覺悟或決心之類的動作。

沒錯，那就是梅普露絕無僅有的盾。

「不會吧……！」

雛田和威爾巴特一樣，了解到計畫失敗。於是來到能妨礙莎莉的位置，要在她行動的瞬間降低她的速度。

結果失敗了。

在雛田宣告技能之前，莎莉先以【神隱】阻絕一切效果，瞬時跑出技能範圍外。她毫不遲疑地使出一切寶貴護身資源。那異常的判斷速度，顛覆了整個戰況。

「【緊急充電】！」

薇爾貝的聲音喚回了詫異得愣住的雛田。

從天而降的雷電使薇爾貝再度纏繞電光，不過這個技能如同字面，是應急手段。能暫時延後【過載蓄電】的負面效果，讓她繼續維持短暫電擊的最後手段。

「【電磁跳躍】！」

薇爾貝留下電光奮力飛躍。雛田操控重力，使她飛往空中。

莉莉操縱的飛行器也在黑暗中拖出藍色尾焰，接近二人。

「雷依，【流星】！」

培因見狀也騎上雷依急速升空。

「打下來！雷依，【聖龍吐息】！」

「【重新生產】【傀儡城牆】！」

雷依噴射的燦爛龍息破壞了莉莉切換裝備而叫出的傀儡兵之牆，更撕裂了她腳下的機械。

「唔……！」

「【擴大範圍】【光輝聖劍】！」

光之奔流就此射向摔落空中的莉莉和威爾巴特。

就在千鈞一髮之際，兩人被一股力量猛然拉扯，躲過了攻擊。

「沒那麼容易！」

雛田操縱重力將他們往下拉，同時拉近彼此距離。

面對周圍不停傾注的大量魔法，莉莉揮動手中旗幟。

「【變換陣形】！」

下一刻，四人的身影消失了。

這是近乎傳送的技能，無論周圍有高聳城牆還是被玩家包圍都無所謂。

霞和克羅姆一個眼神交會，直往牆外奔去。

培因也從天上來了。在場眾人見狀也跟著他們跑。

即使能瞬間移動，位置也侷限在這附近。三人知道梅普露有【方舟】這樣的技能，

可以預測【變換陣形】跑不了多遠。

穿過城門環顧荒野，霞發現了像是莉莉飛行器的藍焰。

「小白！【超巨大化】！」

「搭個便車！」

反應及時的【大楓樹】兩人急起直追，速度更快的雷依飛在她們前面。

「好，追得上！」

「嗯！雖然一樣是靠機械，可是比梅普露慢多了！」

距離愈來愈近，飄浮在夜空中的藍焰角度急轉，往地面俯衝。

位於上空的雷依也降低高度，接近到可以目視四人的距離。

「真的很快耶！」

戰鬥再續。空氣裡繃滿了緊張，薇爾貝放電的劈啪聲劃破寂靜。

「【加大輸出】！【極光】！」

超大範圍的地面以薇爾貝為中心放出光芒。

那是範圍經過強化的雷擊。轟隆一聲串聯天地的白柱嚇阻了三人。

經過幾秒時間，當轟聲落定光柱逝去，已不見那四人的蹤影。

「障眼法嗎……！」

「快找！不知道為什麼，搜敵技能對他們沒用。霞，看妳能不能堵他們的路！」

若只有薇爾貝和能夠黏著她的雛田自己還很難說，現在她們帶著莉莉和威爾巴特，應該跑不遠才對。

才不見幾秒鐘，想必仍在附近。

培因從空中，霞和克羅姆不時攻擊地面隱蔽處，任何角落都不放過。

隨後趕來的玩家也加入搜索，徹底翻遍了這一帶。

最後只確定這一帶一個敵軍也沒有。

消失之前看見他們的，只有培因、克羅姆和霞三人。

「怎麼會這樣？還有這種事喔……？」

「應該沒有漏看，很有可能是在找的時候就已經不在這裡了。」

「我從空中沒有看到任何東西飛走，也沒有可疑的特效。」

這麼一來，最可疑的就是【極光】了。當光柱遮擋他們時，四人也突然消失。只能這麼想了。

「……可以假設那是某種強效的撤退手段。這樣也能解釋薇爾貝和雛田為什麼敢做那種自殺式攻擊。」

「說得也是。」

「是啊，加上【變換陣形】，她們就是有保證能從牆內出來的方法才敢那樣。」

「可是她們沒有在作戰失敗的當下就使用【極光】，也就是需要滿足某種條件。」

培因認為他們是藉技能脫逃，克羅姆和霞也認同。

從那一連串動作看來，他們實在不像是直接跑走，用事先準備好的技能逃回去比較自然。

「被他們搞了一次嗎。」

「是啊，不過這也沒辦法。這次謝謝莎莉了。」

「反應真的有夠快，她連這一步都想到啦？」

「要趕快來想對策了。想不背風險就打贏他們好像很困難的樣子。」

由於他們的核心戰力，是由擁有壓倒性防禦力的【大楓樹】，以及擅長用提升能力打集團戰的【聖劍集結】組成，打的大多是先擋下敵方攻勢再反殺的反擊戰，而這也表示打法處於被動。

必須採取主動。現在少了絕德這箭頭，對【聖劍集結】而言較為不利，但仍必須如此。培因要和【大楓樹】一起組織戰術，摸索下一步計策。

◆□◆□◆□◆□◆

培因等人停止搜索那四人，返回城鎮，梅普露和莎莉正在裡頭等他們。

「怎麼樣。」

「找不到，連個影子也沒有。」

「多半是用技能跑掉了。可能一開始就是這樣打算的。」

「暫時不會再打過來吧。少了【變換陣形】以後，很難再用同樣手法逃跑。」

培因告訴莎莉他也會研擬對策。若想贏得勝利，就必須配合【大楓樹】的腳步。

「沒錯。克羅姆大哥，能麻煩你帶梅普露進去嗎？」

「好，安全第一。」

莎莉救得那麼漂亮，克羅姆說什麼也不想在這時候丟臉，舉舉盾牌表現鬥志。這當中，想救人卻中了陷阱的梅普露顯得有點沮喪。

「對不起喔，莎莉。」

「哈哈哈，不用在意啦。我不是說過，偶爾要換我保護妳嗎。」

聽了這句話，梅普露恢復了點光采。

「……嗯！下次我會做得更好！」

「很好很好，這樣就對了。」

「那我也先回去吧，有需要再叫我。」

克羅姆和霞注意著城牆外的動靜，一左一右護送梅普露進城堡，留下培因和莎莉。

「可以說一下你們追人的經過嗎？」

「好，我就是來說這個的。」

聽了培因分享的資訊，莎莉點頭思考發生過的種種現象。

「我也覺得是技能。目前不太確定那是什麼，讓人很不舒服，不過和提升跑速比起來……更像是瞬間移動。」

「同感。可惜被他們成功跑掉，結果看來是我們單方面受害了。」

「也就是說，我們需要還以顏色。」

「沒錯。在他們用來撤退的技能可以再用之前，很難再有那種偷襲。」

「……是說要趁現在打倒他們四個嗎。」

「很高興妳也懂。【大楓樹】目前有想法嗎，我想聽聽看。」

「…………」

莎莉對這個問題思考了一會兒。

「看樣子是有，可是風險太高嗎？」

「對，可以這麼說。」

「那搞不好跟我想的差不多，我就先說我的吧……我想讓梅普露上戰場。」

「必然的吧。」

先前那場戰鬥，假如威爾巴特有心，從死角射擊克羅姆、霞或培因也並非難事。

放棄這種機會，讓薇爾貝和雛田背負長時間風險，就是為了打倒梅普露。

若不像這樣刻意直闖對方非得處理不可的地方，就很難對上目標玩家。即使為打倒他們四人而出擊，也要對方應戰才行。

為了將他們拉上戰場，需要讓對方看見戰鬥的好處，也就是誘餌。

「我不會勉強，妳應該也曉得風險真的很高。我知道【大楓樹】會想避免這種戰略。」

「對，我也想避免。可是……」

莎莉也明白，若排除個人情感，這招本身的確有執行的價值。

「我承認我們目前還沒有替代方案。就算我來當誘餌，恐怕也釣不齊他們四個。」

「沒有其他玩家的價值比得上梅普露吧。」

想誘出對方，梅普露是不可或缺，而且非得是沒有【不屈衛士】的狀態才行。換日之後，這個手段的價值將大打折扣。

「這次直接問她好了，我自己選不下去。」

「如果她答應呢？」

「我就去作準備。這需要一點熱身。」

「知道了。不嫌棄的話，我可以幫妳。」

「麻煩了。」

這次不容許任何失誤，要把身手砥礪到極限。

「還要等梅普露點頭呢。如果她答應，我們就在講好細節以後出擊。」

「好。」

培因簡短回答，跟隨先走一步的梅普露走向王城。

「……她應該會答應吧。我這麼了解梅普露。」

莎莉的預感告訴她，梅普露一定會接受這個計畫。

因此她即使有這想法也不曾提出來。

梅普露不會不懂戰術的好壞，只要稍微想想，就會明白打倒那四人的價值。

莎莉明白，如果代價只是能否活命，梅普露肯定會答應。

「呼……專心。」

非要擊落所有攻擊不可。若不這樣要求自己，這計畫根本不會成功。

莎莉如此低語，先一步走向訓練所準備熱身。

◆□◆□◆□◆□◆

「這樣啊……」

「那妳怎麼說？莎莉要我直接來問妳。」

王城內，梅普露聽培因解釋她是這計畫不可或缺的要素，是需要背負的風險後，點了點頭表示理解。

「……我可以！」

儘管表情有一絲不安，梅普露仍勇敢地如此宣告。

「……知道了，那我們趕快來討論戰術細節。當然，我不會讓妳多背沒必要的風險。」

「好！」

「請妳召集【大楓樹】的大家到王城的訓練所來，莎莉已經在那裡等了。我也馬上過去。」

「知道了。」

梅普露就此來到公會成員們休息的房間。

「各位！」

「喔、喔喔，怎麼了？」

「突然變得很有精神耶。喔不，是鬥志的感覺吧。」

「我們要跟培因他們討論作戰計畫，一起出擊！」

六人聽了一陣訝異。直覺告訴他們，此行目的恐怕不只是偷襲或削減敵方數量。

「具體內容確定了嗎？」

「現在才要開始討論……總之是攻打【thunder storm】跟【Rapid Fire】的樣子。」

「也就是那四個人吧。」

「唔唔，對我們來說……」

「有點困難耶……」

四人的能力都能剋制結衣和麻衣，使她們很沒自信。不過有梅普露保護她們，情況就不一樣了，可說是視計畫內容而定。

「那就來開作戰會議吧。培因他們呢？」

「莎莉在訓練所，所以到那邊開！」

「ＯＫ，那就走吧。被人打了，不討回來我也受不了！」

梅普露帶隊來到訓練所時，見到培因和莎莉已經在那展開激烈的對刀。速度快到很難認為是熱身，梅普露都看傻了眼愣在門口。

「啊，梅普露也來了～喂～！你們先停一下～！」

兩人聽見芙蕾德麗卡的呼喚便停下腳步收起武器。

「謝謝你們。」

「哪裡。話說妳也太誇張了吧，身手還能再加強嗎？」

「可以。」

「太棒了。」

「不要暖得太認真，到時候沒油喔～？」

「嗯，我知道。」

「都到齊啦，那我們開始討論吧。」

培因立刻說明計畫概要。

「我認為對方這次偷襲是為了打倒梅普露，所以我要利用這種想法。也就是說，用梅普露把對方引出來。」

「梅普露，沒關係嗎？」

「嗯！沒關係！」

梅普露點頭回答莎莉的反覆確認。

「但要是【聖劍集結】全體出動，對方可能也就不敢隨便出來了吧。」

「所以才要我們出場嗎？」

「沒錯。人數雖少，卻具有強大戰鬥能力的【大楓樹】最適合這種作戰。」

培因接著講起威爾巴特。

「要是威爾巴特搜敵時看到這裡所有人，他們肯定會撤退。威脅程度要壓到對方會決定戰鬥才行，被他們知道是陷阱也沒關係。」

「也就是要製造對方覺得有風險，可是會贏的狀況吧。」

上前線的只能是梅普露和少數幾個，其他人作後援，以防萬一。

「他們四個出來應戰的時候，最可能的陣形是薇爾貝和雛田在前，莉莉和威爾巴特

在後面掩護射擊。」

「我想也是。以個性和能力來說，基本上應該是這樣。」

「一旦確定開打，就猛烈突襲拆散他們。我會帶幾個人騎雷依衝殺【Rapid Fire】，孤立【thunder sotrm】。」

「那最麻煩的薇爾貝她們怎麼辦？」

「那兩個啊～是比較有問題啦～」

芙蕾德麗卡說的問題當然是指雛田的技能【隔絕領域】。

假如已經可以使用，會有兩個單方面不利的人被拖進去，必敗無疑。要是麻衣、結衣、伊茲或芙蕾德麗卡進去就死定了。

「要對付那兩個，就只能找兩個能跟她們對抗的人。」

「那麼一個是當誘餌的梅普露，那另一個……不用說了吧。」

「我來。」

當梅普露在身旁，最強的不是別人，就是莎莉。不僅是技能和能力值合適，更主要的是她們的默契。

在場沒有任何人反對。

「概要就是這樣，接下來討論細節。」

「要是拖久了，就要考慮其他公會的介入。為了讓梅普露和莎莉專心戰鬥，說什麼都要成功拆散他們吧。」

「加油喔，結衣！」

「嗯。敢過來就……這樣！」

結衣做出揮掃巨鎚的動作。若能打倒，那將是最棒的拆散。

儘管這無疑是個會大幅受對方動作影響的高風險計畫，但考慮到經過那場奇襲，對方下一步動作可能就是直攻王城，現在必須採取行動。

出擊的時刻步步進逼。為了盡可能減少計畫的破綻，梅普露等人繼續討論下去。

確定好戰術內容後，培因對【大楓樹】成員告辭。

「芙蕾德麗卡，我要去找幾個合適人選，來幫我。」

「好的好的～！那梅普露～莎莉～等妳們的好消息喔～」

由於【聖劍集結】必須待在威爾巴特的搜敵範圍外，他們要在最後方安排一支高機動部隊待命，應付撤退或更糟糕的情況。

原本路上會用絕德的技能作輔助，現在只能用芙蕾德麗卡的強化替代。

「我們就照原訂時間出發。」

「好！沒問題！」

梅普露如此答覆後，培因和芙蕾德麗卡便離開了訓練所。

【大楓樹】留下來各自作準備，檢查道具等。

「奏，我再跟你確定一次喔。」

「好哇，莎莉。檢查仔細一點。」

「霞，等等我想請妳陪我熱身。」

「沒問題，那是戰術重點嘛。」

到了野外，就沒時間詳細檢查了。為了消除後顧之憂，現在能做的都得做。

「呼～不曉得對方會不會應戰。」

「就是啊。不過既然他們想要梅普露的命，應該能引起注意。」

考慮到各個方面，梅普露等人決定在跨日之際出擊，以更強烈地逼迫對方作決定。錯過這機會，【不屈衛士】就會再度發揮效用，屆時肯定要面對一堵高牆。在他們眼中，一定是個難以輕易放棄的最後良機。

「梅普露姊！」

「危險的時候，我們一定會馬上趕過去……！」

「嗯！我會努力打贏他們的！」

「加油喔！」

「我們會幫忙注意周圍的。」

戰場位置要看對方如何面對才會決定，事前能做的準備很有限，伊茲沒時間先用道具改造戰場，情況不會特別對他們有利。儘管如此，他們還是想在勢均力敵的情況下開戰，並逐步占據上風。

經過一段時間。

出擊之時愈來愈近，莎莉做完準備，來到梅普露身邊。

「梅普露。」

「啊，莎莉！加油喔！」

「嗯。戰術都清楚嗎？」

「沒問題！不過我想，是妳那邊會比較累吧……」

梅普露臉上略顯擔憂。莎莉在這場作戰中角色重大，且沒人能夠代替。

然而，莎莉對這樣的梅普露咧嘴而笑。

「不用怕。妳只要——」

莎莉注視梅普露的眼，滿懷自信地繼續說：

「相信我，把命交給我就行了。」

「嗯，我相信妳！其他防禦都看我的！」

「OK，靠妳嘍。」

兩人是以信賴回應對方的信賴。當莎莉危險時，梅普露一定來救；當梅普露有難，莎莉一定會處理。只要相信這點，放心交給對方就行了。若沒有如此的信賴關係，這場作戰根本無法成立。

「梅普露，都準備好了嗎？」

「嗯！」

「那我們出發吧。」

兩人就此率領【大楓樹】全體成員，與候在城牆外的【聖劍集結】會合。

「來啦。」

「都準備妥當了的樣子喔～那就快走吧～」

要是說話說到換日，計畫就泡湯了。時間寶貴，梅普露一行迅速往敵陣進發。

第三章　防禦特化與陷阱

寂靜籠罩著沒有大型戰鬥的夜間野外。

事實上這時候幾乎沒有玩家在外遊蕩，寂靜也是當然的。

威爾巴特走在夜間的野外，正運用他的特殊視力環顧四周，而身兼護衛的莉莉也在身旁。

「沒有玩家的時候就容易很多了呢，這邊又離城鎮比較遠。」

「白天實在很糟，對你負擔不小吧？」

「沒辦法的事。那時候有必要查出紅色電光的來源嘛。」

白天的大型戰鬥中，威爾巴特第一時間察覺梅普露的奇襲，將損害壓到最低。要是拖久了，戰鬥結果恐怕大有不同。

「沒人追過來嗎？」

「應該沒有，目前都很安靜。」

兩人正在戒備敵營的追擊。鬧得那麼大還溜掉，有玩家追過來也不奇怪。

不過事情卻出乎意料，到現在都沒見到半個追兵。

在他們開始考慮回去時——

「…………！」

「有人來了嗎？」

和白天遠遠就發現梅普露時一樣，威爾巴特使用了範圍比一般玩家大得多的搜敵能力，見到遙遠之處有玩家進入範圍之內。

「梅普露和莎莉正往這邊來……範圍裡只有她們兩個。我很確定。」

「是瘋了嗎……？」

莉莉對這難以理解的舉動深感疑惑。即使偷襲失敗，先前那場戰鬥應也讓她留下了只差一步就要陣亡的印象。現在沒有【不屈衛士】的梅普露卻又幾乎不帶護衛就來到戰場上。

擺明有企圖。

「威爾，真的沒有別人嗎？」

「對，一個都沒漏掉。」

「這樣啊……無疑是想引我們過去吧。」

「是啊，想必是有所目的。怎麼做？」

是可以裝作沒看見，繼續往自軍退。

雖然梅普露她們此行肯定有目的，但總不會就這樣一路走到王城前。

要是什麼也不做，就不會發生戰鬥。

「狙得到嗎？」

「……再等一下，就會進入有效射程了。只是說，多半不會命中吧。」

「是啊，以莎莉會擋掉為前提的話。真是太可怕了，她好像真的做得到。」

恐怕很難安全打倒她們。威爾巴特都做不到，任誰也不行了吧。

想打倒她們，就得咬這個餌，和她們開戰。兩人的結論即是如此。

「威爾，為保險起見我再問一次，真的沒看到其他人？」

「……沒有，我用這眼睛發誓。」

莉莉想了想，點點頭說：

「ＯＫ，那就跟她們玩玩吧。我倒想看看他們會不會真的在你的搜敵範圍外安排了趕得過來的大軍。」

「知道了。」

「我會把消息放出去。人數多起來，梅普露她們也會退吧……難道她們也有同樣打算嗎？」

「說不定真的是那樣。」

莉莉聯絡自軍陣營，呼叫可以出擊的同伴。

他們也要盡可能將對方引過來，且要靜候無力逃跑的那一刻。

「等人來以後包圍她們，這樣也可以阻斷援軍。在那之前，要是看她們想回去就立刻動手。」

這是敵方送來的機會。儘管有點危險的味道，機會仍是機會。絕無僅有，不能放過。

「守得住就守給我看啊。」

「我繼續偵測，敵蹤增加了就告訴妳。」

「好，這段時間就拜託你了。」

兩人也訂定方針，只待開戰之時。

◆□◆□◆□◆□◆

梅普露和莎莉兩人走過夜晚的野外。目前沒有敵方玩家的動靜，莎莉仍雙手持刀走路，以備不患。

「都沒人的樣子？」

「難說喔。在他們進攻以前，我們很難看出來。」

兩人走在障礙物少的荒地上，缺少地形的掩護，但也不太可能遇到大批敵軍突然現身的事。

「時間就快到了耶……」

莎莉再次查看時間，距離換日已經所剩不多。這次作戰完全看對方買不買帳，要是沒發現梅普露出來走動，就什麼都不會發生。

開始覺得可能得直接打道回府時，有團雷電劃破黑夜，如砲彈般在她們前方炸開。

「沒想到妳們還敢出來耶！」

薇爾貝帶著雛田出現在她們眼前，爆裂的電球即是戰意的表現。

「彼此彼此。剛剛妳那麼忙，怎麼還沒累倒啊。」

「還很輕鬆的啦！」

雖然她應也累積了不少疲勞，卻人如其言笑得很從容。彷彿接下來的戰鬥早已讓她迫不及待，疲勞根本無感。

薇爾貝猛力一踏瞬時加速，逼向二人。

「【極光】！」

同時放出以自身為中心的強烈雷光。莎莉再會躲，沒縫隙也躲不掉。

「【獻身慈愛】！」

但有梅普露在就不一樣了。只要將【獻身慈愛】的技能範圍與薇爾貝的技能交疊，即使人在【極光】裡面，莎莉也能存活。

這樣莎莉也能攻擊了。梅普露也是了解自身角色的。

然而這時，一道紅色閃光從後方掠過薇爾貝身邊。那是藏身於【極光】光芒中的高速箭矢。

【極光】只是虛晃一招，威爾巴特的箭才是殺著。

「喝！」

啪鏗一聲尖響，莎莉仍將那暗箭打了下來。

即使【獻身慈愛】讓她可以攻擊，第一優先依然是替梅普露保命。

在戰鬥開始的瞬間，莎莉的意識一樣專注在針對梅普露的攻擊上。

「哇！真的彈開了耶！厲害的啦！」

「果然……不是碰巧的樣子。」

見到偷襲失敗，兩人暫且拉開距離。

莎莉是在她們在前方著地時就預測到了。若不是有人看得見，薇爾貝和雛田也不會來到這裡。

也就是說，威爾巴特很可能正等著放冷箭。

「梅普露，盾舉好！」

「嗯！」

莎莉躲到梅普露背後，操作道具欄取出照明彈發射出去。

那是開始作戰的信號。

照明彈的數量，也表示出威爾巴特的方向。

在遙遠的後方，雷依在芙蕾德麗卡、奏和伊茲的強力加速下誠如流星般飛過夜空。

而威爾巴特也目擊了那移動速度經過重重提升，朝他們急速逼來的東西。

天上閃耀著不輸薇爾貝的聖劍光輝。

且擊出光輝的奔流，往兩人襲來。

兩人立刻換裝，要抵擋攻擊。

「【傀儡城牆】！」

莉莉迅速召喚的士兵雖及時保護了她們，騎在雷依背上的培因、霞和克羅姆也趁隙跳了下來。

「這樣搜敵也太豪邁了吧。把整塊地都轟掉，我們就不得不處理，再用我們的技能找位置就好。」

莉莉補充粉碎的士兵，並舉起武器。

「我們可不能讓你們跑去支援那兩個。」

「我們這邊自己來決勝負吧！」

「你們知道自己不能跑吧？」

從雷依的接近速度來看，機動力不高的他們恐怕是很難逃掉。就算跑得了，也會害薇爾貝她們遭到包夾，這可不行。

「ＯＫ。威爾，要拿出『全力』了。」

「好。」

兩人握緊武器。

同時召喚出更多士兵，真正的戰鬥開始了。

飛躍上空的流星，向薇爾貝她們透露了後方將發生戰鬥的消息。

「好像很難去支援耶。」

「我不會讓妳們過去幫忙的。」

莎莉握緊武器。威爾巴特沒有繼續攻擊，這樣就可以轉守為攻了。

「啊哈哈！不過這樣事情就單純了！先打倒妳們兩個，再過去包夾他們的啦！」

「沒錯。」

薇爾貝和雛田也訂好了方針。

雙方都不會撤退。

「我們不會輸的！」

「我們也是啦！」

事情如意料發展，梅普露等人成功與對方開戰了。留守部隊送走培因幾個後便待在後方以防萬一。

「不會這麼剛好，真的沒事吧。」

隊伍散開確認現狀，途中接到【聖劍集結】搜敵小組的通知而臉色一沉。

「唉……蜜伊他們要來嘍！」

這次雖是【thunder storm】和【Rapid Fire】私下合作偷襲，但若想做到萬無一失，請【炎帝之國】協助也是理所當然。

「這樣啊，還是叫他們來了。」

「也就是說……」

「姊姊。」

「嗯，我們必須出動了！」

「走吧～我們來就是為了這個嘛～」

「「「喔喔喔！」」」

芙蕾德麗卡、奏和伊茲三人猛烈提升在場所有人的移動速度。

他們就是在守候這一刻。為阻擋第三者【炎帝之國】介入這場戰鬥，眾人加速趕赴戰場。

「【多重加速】！」

整支隊伍在芙蕾德麗卡的強化法術與伊茲的道具提升移動速度後開始移動。

目的是阻止【炎帝之國】在致命時刻與敵軍會合。

為達成目的，有點犧牲也在所不惜。

「我們這樣拚，你們一定要成功喔～」

全員遠望落雷不止的戰場前進，並祈禱梅普露和莎莉的勝利。

散布範圍廣大的偵察部隊迅速回報【炎帝之國】接近，使他們能夠先一步守在對方路線上。

「我們也要有拚死的準備才行。」

「嗯，照計畫來吧。」

他們需要長距離移動，同行人數也經過精簡，對上【炎帝之國】很難說是充足。

但不是沒有勝算。【大楓樹】擁有足以顛覆戰況的強力武器。

「妳們都準備好了嗎？」

「「好了！」」

結衣和麻衣分別騎在雪見和月見背上，各持六把巨鎚。

這兩人就是足以改變狀況的玩家。

「我們會全力支援妳們，不需要管我們會怎麼樣。」

「加油喔！」

有結衣和麻衣在，就不用慢慢削減對方的ＨＰ。白天的集團戰，已經證明支援她們是最好的選擇。

「嗯嗯。就是這樣，攻擊都交給妳們嘍～？」

「包在我們身上！」

「我們會加油的……！」

她們是作戰核心，人數不足的部分就用破格的破壞力抵銷。

「可以來幫我放掩體嗎？」

「ＯＫ。動作快，快到了。喂，過來幫忙！」

「知道了！」

一味瞎守，只會敗給蜜伊的火焰與大軍的壓力。

話雖如此，要是加強防禦，也只是躲在伊茲準備的牆壁後面，讓對方直接略過。

本次作戰說什麼也不能讓他們通過，就只能拚死攔路了。

就算落得全滅下場，只要造成對方無法進軍的損害就行了。當然，能打贏總是最好。

「妳們直接往蜜伊殺過去。就算覺得危險，也不要停止攻擊。」

「「是。」」

「放心。今天我一定保護妳們到最後。」

飄在奏背後的書櫃塞滿了魔導書。

「拜託你了。」

「我們一定會加倍發飆的！」

「嗯嗯，這樣就對了。」

部隊設下最底限的掩體，完成決戰準備。結衣和麻衣帶頭，【聖劍集結】的支援小組在她們身邊，最後面是伊茲、奏、芙蕾德麗卡，以及【聖劍集結】的後方部隊，還有負責保護他們的塔盾手。

「【黎明】怎麼辦～？」

「嗯～基本上也不能怎麼辦吧。」

「很難在她出招以前打倒她的樣子。」

「那個技能好像有很長的準備時間，就看她們兩個吧。」

蜜伊那招疑似連無敵狀態都無法抵擋，屆時也很難去解救在最前頭揮舞武器的結衣和麻衣。

只能趁蜜伊施放【黎明】的準備階段而無法攻擊時解決她。

稍候片刻，黑暗中開始出現零星光點。

來自技能特效和提燈。那是【炎帝之國】、【thunder storm】和【Rapid Fire】的聯軍，數量明顯比這邊多。

現在為人數差距膽怯也沒用，不如相信這次的作戰計畫。

「好～要拚嘍～！【多重頑強】！」

所有人以芙蕾德麗卡提升防禦力為信號，一鼓作氣展開行動。不要任何花招，要讓能夠破壞一切的兩人正面突擊。

黑暗之中，敵方也很快就注意到他們的存在，魔法接連飛來。風刃、火球，以及穿插其間的箭雨。

「【多重屏障】！音符，【輪唱】！」

「「【多重掩護】！」」

「「【治療術】！」」

芙蕾德麗卡和音符共同張設的大量屏障擋下了大部分攻擊，漏網之魚則由坦克加治療抵擋。

經伊茲和芙蕾德麗卡提升的能力值，使他們都能輕易承受經過屏障削減的魔法。

他們守護著唯一連擦傷都受不起的結衣和麻衣，持續前進。或許是因為跑速也加快了，兩軍距離轉眼縮短。

就在這時，集團當中有個不死鳥濺射紅焰飛上夜空。

「【灼熱】！」

蜜伊放出強烈焰浪阻擋對方進軍。

結衣和麻衣毅然衝進進逼的猛火，因為她們知道同伴會保護她們。

「【斷絕】。」

奏開啟魔導書撕裂空間，吞噬蜜伊的火焰。儘管奏的招式絕大多數無法再用第二次，絕招數量卻是其他玩家無法比擬。

當奏輕易化解了攻擊，在下一波火焰襲來之前，結衣和麻衣已經騎著雪見和月見揮出巨鎚。

「「【遠擊】！」」

射出高速衝擊波。

擦過的玩家就像氣球被針刺中一樣爆散。

「躲開！不然就開無敵！」

敵方保持著距離散開，並試圖包圍結衣和麻衣。

提升防禦力、減免傷害這種東西，對上她們沒有任何價值。

「【噴火】！」

蜜伊的火焰再度往結衣和麻衣襲來。地面噴出火柱，要困住她們。

「【水神的護祐】！」

奏迅速應對，以水膜包覆她們。這個能消滅火焰的防護，使她們馬不停蹄地向前進。

「「【雙重打擊】！」」

「【精靈聖光】……啊？」

「【守護之光】！不會吧！」

使用無傷技能的玩家仍遭到擊退，撞翻一整排後方玩家滾得一臉灰。能停下來的還算好，往空中飛的就沒人知道會飛去哪裡了。

「「【超加速】！」」

有人藉由加速衝到她們面前。只要不被打中就行。

「「【掩護】！」」

【聖劍集結】的支援也迅速介入成功抵擋，讓結衣和麻衣繼續攻擊。

「她們兩個還不能死在你們手上！」

「我們會徹底守住。」

「來這套……！」

【聖劍集結】的及時應對，使奏免於耗用魔導書。對方不立刻拉開距離就會被反擊的巨鎚打得粉身碎骨，只好死心後退。

兩者異常的攻擊力差距，將近距離的攻防直接變成不存在。

蜜伊命令伊葛妮絲閃躲以芙蕾德麗卡為中心射來的魔法，並改變攻擊對象。

「【豪炎】！」

夜空中爆出的業火以壓倒性火力吞噬射向她的魔法，往後方部隊傾注。

「【多重屏障】！」

「菲，【道具強化】！」

芙蕾德麗卡張開屏障的同時，伊茲也用道具製造護壁加強防禦。其他【聖劍集結】成員也補上更多屏障，來抵擋蜜伊的火焰。

「守得真硬……」

蜜伊躲避著魔法返回部隊。原想一口氣燒光後方破壞陣形，但【聖劍集結】也穩得不負其盛名。從奏不需要多用技能來看，就能知道想破壞這防線會很花時間。

那就沒辦法了。蜜伊瞄準成為戰場中心的結衣和麻衣放射火焰。

「【炎帝】！【炎槍】！」

「【增加對象】【精靈聖光】。」

對結衣和麻衣射出的兩團火球以及巨大炎槍都被奏的免傷技能擋下。奏與其他玩家不同，無法預測究竟擁有多少技能，很難對付。攻擊奏又會被芙蕾德麗卡等人的大量屏障阻擋，結衣和麻衣只能用特定技能解救，攻擊她們才有效益可言。

或者——

「馬克斯傳的？」

蜜伊查看剛收到的訊息。

『他們在拖時間。他們的戰力會慢慢減弱，所以想請妳多花點時間，一次把他們解決掉。』

施放【黎明】，即是代表戰鬥的閉幕倒數。無論結衣還是麻衣，少了奏的防禦都撐不了多久。

要是對方退到攻擊範圍之外，那就能快速通過，與薇爾貝和莉莉會合了。

蜜伊對伊葛妮絲下令，降落在馬克斯身邊。

「蜜伊，可以嗎……？」

「就來吧。」

「這段時間我來頂，我也會拖住她們兩個。」

「知道了。」

馬克斯啟動設置於腳邊的【一夜城】保護蜜伊，確定【黎明】開始施放後上前。

「【設置・花騎兵】【設置・水軍】。」

接著召喚出藤蔓構成的騎兵和水步兵，往消滅所有接觸玩家的兩人攻去。

「再繼續讓妳們亂來就糟了。」

「我們是……」

「不會停下來的！」

「【遠距設置・風刃】【遠距設置・炎刃】！」

再怎麼弱的攻擊都要處理，即是她們與奏的弱點，空隙比梅普露的【獻身慈愛】大多了。

「可利亞，【消失】。」

馬克斯的陷阱擊出的風刃、炎刃、騎兵和步兵都瞬時消失。

【聖劍集結】的塔盾手們覺得奇怪而稍有停頓時，肩坎冷不被藤蔓之槍刺中，爆出傷害特效。

「……！」

「快後退！」

「「好！」」

對方只是隱形了。這技能很單純，只要有所接觸就會立刻現形，卻使保護結衣和麻衣的難度大為提升。

「我可不是只顧在後面看而已喔……【全陷阱啟動】。」

地面、空中，到處都湧出了由各種物質構成的士兵，每一個都是結衣和麻衣無法忽視的敵人。

「可利亞，【無色世界】。」

馬克斯召喚的多種士兵全部失去色彩，融入空氣。【聖劍集結】看情況不妙，以塔盾手為中心抵擋風刃和炎刃，即使遭到串刺也盡力讓結衣和麻衣躲到集團中央，在雙方之間抵擋針對她們的攻擊。

馬克斯的技能使得結衣和麻衣的壓力倍增，還以為戰況會為之一變。

但是後方張開了不輸對方召喚兵的魔法陣和裝上槍砲的飛行器，射出數道雷射與不輸【機械神】的彈幕，擊中召喚兵而使它們現形。

「唔……她們兩個啊。」

不是只有馬克斯有時間準備，伊茲亦是如此。

只要有時間準備，伊茲也能發揮不像是工匠的戰力。

「咦……那個可以跟我比的道具是什麼啊～？」

「還好有事先準備！」

「得救是得救了啦～不過……」

「嗯，沒錯。」

馬克斯這波攻勢也尚未使出全力。只要能拖延結衣和麻衣，蜜伊就能了結這一切。

【thunder storm】和【Rapid Fire】的成員也都了解這點。只要能獲得最後的勝利，付出一點犧牲也在所不惜。

「麻衣！結衣！」

奏稍微上前，對不斷掃倒敵人的她們大喊。

「奏大哥！」

「這樣恐怕……」

會來不及。話還沒說出口，太陽已顯現在夜空之中。

蜜伊就在那中央。馬克斯爭取的時間，使焚燒一切的火焰準備完成了。

「【黎明】！」

白熾的火焰包覆蜜伊，等待著即將到來的解放之時。

當所有人都往範圍外逃難時，馬克斯對最前線的結衣和麻衣伸出了手。

「不准走……【神聖鎖鍊】！」

從白色魔法陣伸出的鎖鍊將結衣和麻衣束縛在原地。作用時間僅有三秒，可是這三秒——

讓她們無法逃離蜜伊的火焰就夠了。

「【煉獄】！」

會在地面造成傷害區域的巨大焰浪迎面逼來。在一整面的火紅之中，結衣和麻衣轉向了奏，下了某種決心般頷首。

「【升空】！」

奏見狀立刻到空中避難，相信兩人的抉擇。

留下的結衣和麻衣擺脫鎖鍊束縛時，火焰已近在眼前。

儘管如此，她們早已明白這是無可避免的狀況。

於是，該做的只有一件事。

「拜託了，姊姊！」

「【巨人雄威】！」

麻衣揮掃五把巨鎚打擊焰浪。只要ＳＴＲ高過對方，就能免除傷害並回彈。在【黎明】會使免除傷害失效的情況下，會發生的現象——

就是捨身反擊。

燒盡一切的烈焰，有一部分以麻衣為中心反轉，被推了回去。

「糟糕！……可利亞，【消滅存在】！」

和朧的【神隱】一樣，馬克斯藉由不存在於原處躲過焰浪。

而他眼中那熊熊業火的去路，在起火地面上閃閃飛散的特效，顯示出有多少玩家躲避不及。

幾乎都燒光了，只剩下一小部分後方部隊。

可是——

「真的……？」

連團戰魔王都能秒殺的結衣和麻衣在最後使出反彈。

可是她們卻不在焰浪另一邊。

也就是說，那是以死為代價的反擊。

為敵軍帶來的巨大的損傷。

儘管只彈回一部分，範圍仍然巨大，且出乎意料。

蜜伊的部隊退避不及，陣形當場崩潰。

馬克斯往前望去，見到奏結束飄浮，為躲避起火的地面而造出巨岩，降落其上。

「還想打……？」

馬克斯很是不解。即使反彈了【煉獄】，那也只是一部分。且【大楓樹】方受損嚴重，應該很難再打下去才對。

結束攻擊的蜜伊也來到馬克斯身邊。

「謝謝喔，蜜伊。」

「敵方……是讓奏來殿後嗎？」

「好像是。」

當地面的火焰熄滅，蜜伊雙手毫不留情地再蓄起火焰時，奏開啟了魔導書。

「【黑煙】。」

周圍大片區域頓時冒出滾滾黑煙。

不會削弱敵方能力，單純是遮擋視線。

「【龍捲風】！」

某人放的風魔法迅速推開了那些煙霧。

當煙霧消散，猜想奏已乘煙逃跑的所有人，見到的是他在空中用粗大藤蔓製造了落腳處，望著蜜伊和馬克斯。

「「……！」」

意料外的選擇也使二人望向了奏。

「上面！」

某人大叫。蜜伊抬起頭時，那白色的身影已逼至眼前。

那個在墜落同時揚起巨鎚的人，無疑是結衣。

「【蒼炎】！」

「【巨人雄威】！」

這一鎚反彈了藍焰。

反彈【煉獄】的，是麻衣。當時只揮了五把巨鎚，剩下的一把是用來將結衣打上高空。

結衣跟梅普露很像，擅長這種豁出去的打法。

蜜伊倉皇向旁飛身滾翻，勉強躲開了彈回的焰浪。

「【不碎之盾】！」

奏留下來並上前的原因只有一個，那就是讓結衣平安著地。

「呀啊！」

轟隆一聲著地的結衣朝著蜜伊就是一鎚。

距離極短，陣形又分散，根本避無可避，也無法期待他人馳援。

看出這點的馬克斯將手上符咒投向蜜伊。

「【對調】！」

符咒散布的水膜包覆蜜伊的同時，馬克斯用技能調換兩個陷阱的位置。包住蜜伊的

陷阱將蜜伊調換到安全的後方位置避難。

「啊……再來就看妳的嘍。」

然而倉促之間，只能發動一個技能。

馬克斯根本承受不了改變對象揮來的巨鎚。

剎那間，不由分說的必殺一擊啪鏗一聲，將馬克斯變成了光。

且巨鎚消滅馬克斯的同時，奏開啟了魔導書。

「【高壓水柱】！結衣，要跑嘍！」

「好！」

奏抓住被水流推開的結衣迅速逃離。他偏高的【ＡＧＩ】就是為了這種時候點的。

「希望那邊已經搞定了……！」

這裡犧牲慘重。現在已經沒有魔導書能夠保護結衣，也難以拖延敵方腳步。奏擔憂著另一處戰場，趕往伊茲和芙蕾德麗卡的所在。

第四章　防禦特化與眼睛

荒地上，莉莉和威爾巴特，與培因、克羅姆、霞三人對峙。

化解培因利用雷依的衝殺後，莉莉召喚大軍逆轉人數差距。

「【血刀】！」

「【光輝聖劍】！」

霞將刀刃化為液狀，培因的劍噴射光之奔流，極其輕易地將莉莉那群持劍逼來的士兵拆成廢鐵。

「【重新生產】。」

「【王佐之才】【戰術指南】【理外之力】！」

但是被破壞的部分立刻獲得遞補和強化，堵住通往莉莉和威爾巴特的道路，並用以量制勝的掃射還以顏色。

「【活性化】【多重掩護】！」

穿上涅庫羅的克羅姆擋下槍彈。雖有明顯傷害，但不足以打倒以自癒見長的克羅姆。

「幫我砍掉一點就沒問題了！」

他們製造的士兵算不上威脅，可是數量實在太多，廣域攻擊又不是三人拿手領域，想快速清掃就勢必得耗用技能。

「培因，這裡我來。一直打這些根本白費力氣。」

「好，看妳的了。」

「【甦醒】。」

霞叫出小白就立刻【超巨大化】衝撞士兵，到處爬動將他們壓碎。

「哈哈，這麼簡單就被妳幹掉，我看了都有點難過了。他們還滿強的呢。」

「反正妳馬上就會再生產下一批吧。」

「當然。」

莉莉按其宣言接連製造士兵強迫他們處理，卻因為小白而占不了優勢。

當士兵之牆瓦解的瞬間，培因一口氣攻了進去。

「【破碎聖劍】！」

「喝……！」

莉莉用手中旗幟接擋培因掃出的聖劍。

「我好歹也是長槍手啊！」

彈開劍勢的下一刻，就擎住旗桿往培因快速突刺。

莉莉的強項在於召喚，並不表示她不會用武器打近戰。

「【沙群】！」

「厲害，能隨機應變。」

「謝謝稱讚。」

莉莉調動召喚兵攻擊培因，讓他總是在數名士兵包圍之下。

一對一是培因占優勢，但這些源源不絕的援手卻使他無法對莉莉造成有效攻擊。

只要霞和小白繼續對付士兵，人數差距就不是問題。

「【掩護】！涅庫羅，【死亡之重】！」

「【斷罪聖劍】！」

克羅姆配合培因上前降低莉莉的移動速度，代承周圍士兵的攻擊。

在壓力減弱的瞬間，培因立刻殺向莉莉。

「【以身為盾】！」

莉莉聚集召喚兵強行抵擋培因的攻勢，並舉旗向前一掃，跳開保持距離。

「還好嗎，莉莉。」

「還好。不過……和這三個打真的很辛苦。」

培因等人見到威爾巴特專注於灑強化能力，確定他們的戰法並不是各司其職那麼單純。

在剛才那種場面，與其讓威爾巴特灑強化能力，參與攻擊應該更有效益。

沒那樣做，可以想見不是做不到，就是能力被降得很嚴重。

「霞，我要一口氣逼死他們。」

「知道了，我配合你。」

「防禦交給我就行了。」

最壞的情況，是被他們拉開距離且對調角色，當場射死霞。

小白的ＨＰ在士兵圍攻下逐漸減少，速戰速決避免拖延才是上策。

簡述計畫後，三人一擁而上。

「【劍山】！」

「【破壞聖劍】！」

兩人用技能配合小白的衝撞消滅大部分士兵，迅速衝進清出來的路。

「威爾，動手。」

「……！」

威爾巴特隨莉莉下令稍微點頭。

「【休眠】。」

三人對莉莉這宣告都十分熟悉，所以覺得奇怪。

要召喚魔寵，應該是【甦醒】才對。

「【權能・天譴】。」

「【心眼】！」

霞認為威爾巴特宣告的技能並非輔助，立刻使用【心眼】。

傾注於四周的紅色光柱標明了技能的攻擊位置，霞見狀立刻將小白叫回戒指並喊：

「克羅姆！」

「【守護者】【防禦靈氣】！」

光柱涵蓋的部分將造成傷害。三人退出範圍外以免遭受攻擊，並望向空中的來源，認知到它的存在。

一隻巨眼隱約浮現在流雲片片的晴朗夜空中，周圍還有像是裂縫又像分枝的線條。見到這個從高空遙望地面的眼睛，三人便了解了威爾巴特搜敵能力的根源。

「喔喔……居然馴服這麼恐怖的魔寵。」

「我們的可是特製的喔，要兩個人一起控制。」

「接下來才要來真的是吧。」

「原來如此，更不能放你們過去了。」

莉莉和威爾巴特是使用兩個戒指分享一個魔寵的能力，借用天眼的力量。

【休眠】也是特別版。一方使用【休眠】，能力就換轉到另一方去，同時解封另一半能力。

「那現在，我們要一起進攻喔。」

「露太多手對我們也不好……我也很想早點解決。」

可見範圍更廣，使得威爾巴特為強制進入腦袋的大量資訊稍皺眉頭，並於背後張開魔法陣。

「【權能・劫火】！」

「【玩具兵】【火速工廠】。」

「呃！這樣狂射也太誇張了吧！」

威爾巴特張開的魔法陣，放射出稱作權能的多屬性攻擊。

加上先前的輔助能力，這戰力稱作魔法師也不為過。在威爾巴特的威脅度高昇時，培因和霞利用克羅姆擋出的機會，斬開迸射的火焰衝上去。

「【擴大範圍】【守護聖劍】！」

培因的廣域攻擊掃平圍上來的士兵，拆了保護莉莉的牆。

「【第一式・陽炎】【武者之臂】！」

有剎那的空隙，霞就衝得過去。她火速瞬移到莉莉面前，斬下三把刀。

「真快！」

莉莉用旗幟擋下了霞的妖刀，卻被來自背後的【武者之臂】斬中身軀。

「【權能・再生】。」

「會得還真多……！【第三式・孤月】！」

莉莉得到威爾巴特的治療，再度與霞短兵相接。與戰鬥型態以召喚物為主的莉莉相比，機動力和單挑的強度都是霞占上風。

「【重新生產】。」

「雷依，【聖龍吐息】！」

閃耀的龍息轟散士兵，換培因逼至莉莉面前。

「喝！」

武器鏗鏗鏗地不斷相互撞擊。培因占優勢，彈開了莉莉的武器，深深斬中莉莉肩膀一劍。

「【傀儡城牆】！」

莉莉又想造出牆堵拉開距離，可培因和霞不許她這麼做。

兩人越過威爾巴特射出的火焰和水流，破壞莉莉造的牆，更上前一步。

「【第四式・旋風】！」

霞的強烈連擊從莉莉的防禦上方打得她招架不住而倒地。

只差一步。可是，急切的叫聲卻是從後方傳來。

「不要被引過去！」

「……！」

職種間快慢有別。在這場甚至無暇喘息的高速戰鬥中，莉莉的步步後退使得霞逐漸遠離培因跟克羅姆，略為落單了。

「威爾！」

「【權能・重壓】！」

「唔……！」

被拖住的是克羅姆，距離不夠他使用【衝鋒掩護】。

這瞬時的遲疑已使得莉莉些許退開。霞立刻與培因使個眼色，表示要退。

「「【快速換裝】！」」

與此同時，莉莉和威爾巴特交換裝備了。戰鬥方式的變化，帶來射程的大幅變化，一擊必殺的箭矢已瞄準目標。

不讓她退，也不讓她進逼。

「【第一……！」

極速一箭。表示速射絕不輸人般，在霞瞬移前射出的箭精準地貫穿了霞的身體中心。

「唔……！」

成功了。莉莉和威爾巴特鬆了口氣的瞬間，沒有被臨死前的霞放過。

「【蝕身妖刀】。」

「什麼？」

「這是……！」

霞在消失之中所做的最後宣告，使一把把染血的妖刀刺入地面，周圍漫起一股淺紫色的霧。

那是需犧牲一部分能力值來施放的長時間負面效果，且無法解除。

這個需要不可逆代價，限制比一天一次更重的技能，就是該在這種時候使用。霞可不甘願平白死去，假如一點點能力值就能買下勝利，那便是再便宜不過。

「再來看你們的了。」

培因對消失的霞點個頭，握緊劍柄。

「妳這步真是太漂亮了。」

帶著這種負面效果，無法和培因跟克羅姆打下去。

這是讓作戰成功的最後手段。逼迫他們不去支援薇爾貝和雛田。

兩人也明白多留無益，當機立斷。

「【休眠】。」

「【甦醒】！」

「雷依，【全魔力解放】【光之奔流】！」

培因高舉輝耀聖劍的同時，威爾巴特將天眼的權能全部讓給莉莉。

「【權能・超越】【變換陣形】！」

「【擴大範圍】【聖龍光劍】！」

兩人身影消失不見，光浪衝過他們的位置。且一發不可收拾，照亮黑暗的野外橫掃萬物。

「有打中嗎……？」

從城鎮見到的【變換陣形】移動距離來看，打中也不奇怪，可是無從確認。

「抱歉，我晚了一步。」

「不，是我們太前面了。為了不讓莉莉退開換成威爾巴特主攻，反而造成反效果。」

莉莉若切換裝備，防禦力就會大幅下降。所以他們原想趁這一刻突破弱化的前線一口氣拿下勝利，但他們變換裝備的戰法實在太熟練。

「真對不起霞，這樣是非贏不可了。」

「莉莉和威爾巴特現在不能參戰，扭轉戰局的時候到了。」

儘管霞被打倒，卻成功將他們二人趕出戰場。

兩敗俱傷。為使天平往有利傾斜，克羅姆和培因趕往梅普露和莎莉的所在馳援。

雷鳴大作。傾注的電雨愈發激烈，薇爾貝帶著飄浮的雛田襲向莎莉。

「妳這樣跑來跑去我很難打耶！」

「那妳可以直接投降認輸啊？」

「免談的啦！」

在梅普露的【獻身慈愛】效果範圍內，莎莉完全不需在意薇爾貝的電擊和雛田的負面效果。

即使承受兩名頂尖玩家的攻擊，梅普露依然毫髮無傷。

「【開始攻擊】！」

「【冰牆】！」

雛田以冰牆擋下梅普露射出的槍彈，薇爾貝以手甲彈開莎莉揮來的匕首。

雛田處理梅普露的遠程攻擊，薇爾貝則負責應付莎莉。

可說是必然的結果。在這個莎莉隨時黏在眼前猛攻不止的狀況下，薇爾貝根本無暇注意梅普露的攻擊。

若不專心處理莎莉的攻勢，哪時腦袋飛了都不奇怪。

然而，她們也不願只守不攻。

「【冰山】。」

「【紫電】！」

「哇哇！莎莉！」

從腳下鑽出的冰頂飛了梅普露。沒有傷害，目的是逼迫梅普露移動。

薇爾貝的目標是離開【獻身慈愛】範圍的莎莉。

「……反應真夠快的啦。」

「還好啦。」

當迸射的雷電止息的瞬間，莎莉若無其事地重整架勢。

即使【獻身慈愛】的範圍往後急速移動，莎莉迅速反應向後一跳就化解了薇爾貝的雷擊。

「這樣贏不了耶。」

「對。」

看到梅普露被冰山頂飛也只是重新構築損壞的武器，不帶一點傷害站起來，兩人再次體會到首要目標不是莎莉，而是梅普露。

即使現在沒有【不屈衛士】，想對梅普露造成威脅仍得突破她的防禦。曾葬送無數

玩家的電雨在梅普露面前一點能耐也沒有。

「而且現在的莎莉破綻少到嚇人的啦。」

比起上次決鬥，簡直判若兩人。想從旁繞過去接近梅普露，都會被她徹底阻斷去路。想用穿透攻擊打中莎莉，藉此對梅普露造成傷害，比晃過她更不實際。

薇爾貝的廣域攻擊，雛田的控場等對莎莉極為不利的技能，全都被梅普露癱瘓了。

想打倒梅普露，就得先處理莎莉；想打倒莎莉，得先處理梅普露。

「我是不認為妳們會完全沒辦法啦……但要是不攻過來，就換我攻過去嘍。」

「……！」

薇爾貝和雛田感到莎莉氛圍驟變，緊盯她下一個動作。

「【雷神再臨】【閃電雨】。」

莎莉身上迸發雷電，天空也降下電雨。

兩人不會錯看這些技能。那與薇爾貝中心技能的特效一模一樣，威力和範圍也與她們熟知的無異。

薇爾貝瞬時退出電雨範圍外，瞪大眼睛看著面前的景象。

「她是會……複製技能嗎？」

「我已經有準備了，但還是要先確認過才行……」

聽莉莉說，莎莉曾用過培因和梅普露的技能。

培因的技能只是假象，這次很可能也是那樣。

「被嚇跑就虧了是吧！」

薇爾貝的技術不足以躲避那般電雨。有那種異常迴避力的，目前也只有莎莉一個。

儘管如此，想打倒梅普露就得踏進莎莉釋放的電擊。

「【電光飛馳】！」

請雛田準備以【光魔法】治療後，薇爾貝一咬牙，加速衝進電雨中。

傾注的雷電立刻打在薇爾貝身上，但直接穿過身體，在地面炸散。

「很勇敢喔。」

「果然是假象嗎！」

「嗯，就是這樣！」

莎莉趁還有距離，關閉藍色面板，用拿出的道具維持能力，架起兩把纏繞電光的匕首往薇爾貝衝去。不需要在乎電雨的薇爾貝也將梅普露的攻擊交給雛田，專注於莎莉的攻勢。

比【獻身慈愛】還亮的地面上，兩道身影激烈衝突。薇爾貝的手甲和莎莉的匕首都準確抵擋彼此的攻擊，濺出金屬聲與火花。

「【紫電】！」

莎莉的匕首爆出電光，完全掩蓋薇爾貝的視線。

在擊中之前，那與薇爾貝的【紫電】是一模一樣。薇爾貝再度拉開安全距離迴避。
「假象也是很麻煩的啦！」
遮擋視線逼來的莎莉隨之改變方向緊追薇爾貝。
「【冰牆】【冰槍】！」
雛田製造冰牆，趁截斷梅普露的火線時射出冰槍。
「【冰槍】！」
莎莉輕易避開，同時對薇爾貝射出冰槍。
這已經嚇唬不了她，持續往莎莉進逼。
但冰槍卻在接觸薇爾貝左肩時冷不防尖聲迸碎。
「什麼……！」
碎冰飛散，並帶有真確的傷害特效。意外的現象使得薇爾貝的動作有所延遲。
「朧，【幻象】。」
「！【電磁跳躍】！」
薇爾貝拖曳電光，遠離造出分身追擊的莎莉。
但現在的梅普露，判斷力可沒遲鈍到會放過眼前跳出掩體的目標。
「【開始攻擊】！」
一道道光束射向人在空中的薇爾貝。對射擊已頗為嫻熟的她，準確地抓到了薇爾貝的位置。

「【重力操控】。」

薇爾貝被某種看不見的力量頂起般突然向上一彈。

由於射得很準，這一點點位移就足以避開光束了。

「謝啦！」

薇爾貝就此在空中奔跑，躲過梅普露的射擊回到地面。

幸虧梅普露為了避免穿透攻擊，也需要與薇爾貝保持距離，射擊需要一小段時間才會擊中。

然而新浮現的問題卻使兩人傷腦筋了。

「那不是假象嗎！」

「看妳分不分得出來！」

薇爾貝觀察帶分身衝過來的莎莉，發現莎莉周圍迸射的電光中，不知何時夾雜了些和雛田技能類似的白霧。

那是寒氣。兩人看不出那是來自冰槍，還是用來唬她們的障眼法。

「總之躲開冰就對了啦！」

傷害不大。讓雛田以基礎治療魔法補血後，薇爾貝又衝向難以捉摸的莎莉。

「……」

見對方上鉤，莎莉再度專注精神。

她現在的裝備在薇爾貝眼裡跟平常一樣，但其實經過了【偽裝】，是由兩種獨特裝備組成。

其實她射出的是水。技能名稱和特效，都是配合雛田，用【凍結領域】冰凍模仿出來的。若不知箇中祕密，以為她複製了雛田的技能是很正常的事。

「【風刃術】！」

莎莉進行牽制並縮短距離。現在有【獻身慈愛】，只要不受到穿透攻擊或離開範圍，任何攻擊都不是威脅。

在【虛實反轉】仍未耗用的狀況下，莎莉著手準備下一步。

「梅普露！」

「……！」

事先練過的呼喊加手勢，使梅普露準確且隱密地了解莎莉的意圖。

「【冰柱】！」

造出冰柱限制薇爾貝行動的同時，莎莉再以絲線高速移動，來到薇爾貝面前。以她的速度而言，這種距離等同於零。

「【開始攻擊】！」

化為定點砲台的梅普露灑出砲彈。不會中的就不管，會中的就用冰牆和重力牽引來干擾。

然而，每當雛田用技能處理那些砲彈時，莎莉就會趁機殺到薇爾貝面前。

「【二連斬】！」

「【振動拳】！」

有固定動作的技能，會使得基本上摸也摸不到的莎莉也出現破綻。

薇爾貝以手甲彈開纏繞紅色光輝掃出的一邊匕首，收緊拳頭準備出擊。

「【取消】。」

莎莉如此宣告的同時，本該要揮出的下一刀離開預料中的路線並向前突刺，薇爾貝以拳架檔。

取消技能的技能，薇爾貝從沒聽說過。

莎莉斜身向前一步，而薇爾貝對此反應時——

「……！」

腹側傳來受傷的感覺。

立刻瞥一眼，多了一道被某物深深劃過的傷痕。猛噴的傷害特效，顯示出這一擊的威力。

「【重力操控】！」

薇爾貝思緒乍停時，依然鎮定的雛田將她彈向後方來解救。

「【寒冰城】【治療術】！」

梅普露的保護只能使莎莉自由行動，跨越不了物理的屏障才對。

「還好嗎？」

「還行……有點傷腦筋耶！」

儘管知道莎莉在決鬥時沒有使出全力，這卻遠超過兩人的預期。

遭冰牆阻擋的莎莉，對背後的梅普露豎起大拇指說ＮＩＣＥ。

這搭配她們練習很多次了。雖然有點難度，莎莉相信現在的自己一定能成功執行。

剛才莎莉下了兩個動作。

【取消】技能並不存在，那只是完美模仿【二連斬】。她單純用【偽裝】和技術重現技能，實際上並未發動，所以隨時能中斷。

畢竟只是揮動武器而已。

至於薇爾貝所受的重傷，則是雛田沒防到，薇爾貝也反應不及的，梅普露的攻擊。

莎莉用自己的身體藏到極限的槍彈。

一進範圍，她就用【幻影】偽裝成大幅射偏，接著打斜身子讓砲彈掠過，使隱形槍彈擊中薇爾貝。就像過去對梅普露的盾用過一樣，這次使槍彈隱形了。

「再一次就能贏……！」

在不明道理的狀況下，戰鬥中沒時間讓薇爾貝慢慢想，不可能識破。

莎莉如此肯定，注視著薇爾貝跳出寒冰城牆而落地。

「太厲害了吧！到底是怎麼弄的？」

「很抱歉，我不能說。」

「真的搞不懂耶！這樣我絕對反應不過來嘛……那麼——」

才想上前，莎莉就感到薇爾貝下了某種決心而停下。

「那就不要反應了！」

想那些有的沒的也追不上莎莉耍伎倆。薇爾貝終於明白，現在帶著雛田，更難在應對進退上勝過莎莉。

若持續背負不明攻擊這項劣勢，顯然是不利久戰。那麼該做的，就是不要再隨對方的小動作起舞。

該做的，是用自己的強項壓迫對方。

「【登頂的渴望】。」

「……！」

莎莉見到薇爾貝身上突然迸發藍色氣場的下一刻，她以異常速度竄過莎莉身旁。如此快得只憑反應追不上的暴力加速，使薇爾貝甩開了莎莉。

「【超加速】！」

「【超加速】！」

薇爾貝也隨莎莉再度加速。

「梅普露！」

確定自己追不上的莎莉出聲警告梅普露。

「【開始攻擊】！」

薇爾貝續以不同層級的加速和【重力操控】凌空移動，避開梅普露瞄準的槍彈。飛竄得這麼快，梅普露也打不中。

「【悲嘆之河】。」

有【獻身慈愛】在，對莎莉用這個技能也只會讓遠處的梅普露不能動而已。

但若以梅普露為目標，效果就能如期發揮。

「【脆弱冰雕】【鎧甲鏽蝕】【星辰破滅】。」

雛田接連使出梅普露看過和沒看過的弱化技能，不過梅普露好歹也與各種敵人交過手，很清楚自己的弱點。

「【抵禦穿透】！」

在雛田用【思考凍結】封鎖技能之前，她先對穿透攻擊做預防措施。

「【紫電】！」

薇爾貝也知道梅普露的盾有多危險，先用電攻擊凍得無法動彈的梅普露，直到盾沒反應才衝上去。

「【思考凍結】。」

「【鬥氣覺醒】【爆碎拳】！」

薇爾貝氣場遽增，繞到梅普露的側面揚起了拳。

【抵禦穿透】已經成功施放，梅普露便不顧防禦，將心思放在攻擊上。

但是，打斷她的竟是莎莉。

「【替身術】！」

莎莉和梅普露瞬間換位，驚險避開薇爾貝的拳。

「【高壓水柱】！」

莎莉並以噴湧的水柱掀翻薇爾貝，再度站在兩者之間保護梅普露。

「莎、莎莉？」

「……妳怎麼會知道？」

薇爾貝暫停攻擊不明所以的梅普露，對莎莉問。

剛才那一刻，應該沒有任何資訊讓莎莉耗用對換位置如此強力，且未曾對她們展示的技能來保護梅普露才對。

覺得作戰應該要成功的薇爾貝一臉不解看著莎莉。

「我們公會有個特別博學的人，知道很多技能的事。」

「所以妳知道那是什麼招啊。」

「不會穿透，對吧？」

奏將【神界書庫】裡出現過的技能效果、代價和名稱都準確無誤地記了下來。莎莉曾花不少時間請他一一介紹，在今天之前塞到腦子裡。

【爆碎拳】無疑就在那之中。

那是超高威力的攻擊，但也就這樣而已。

「啊哈！這樣啊！不過……下次就跑不掉了！」

有可能是虛張聲勢。然而，才剛拋下雜念強勢進攻的薇爾貝不像會這麼做。

「梅普露，小心一點。【抵禦穿透】只能擋穿透攻擊而已。」

說不定薇爾貝這記重擊，會在雛田的稀有弱化技能作用下產生超乎想像的破壞力。

梅普露也懂莎莉的意思。

現在的薇爾貝說不定有能力正面突破梅普露的防禦，至少她們是這樣想的。經過那一連串動作，這樣假設比較妥當。

「危險的時候我會幫妳彈開，相信我。」

「嗯，知道了。」

憑梅普露的反應，來不及用盾牌抵擋薇爾貝的高速攻擊。所以現在梅普露要專注於攻擊，讓莎莉防禦。

為了不被速度更快的薇爾貝甩開，莎莉和梅普露縮短距離，將武器指向眼前的她們。接下來要互相掩護，尋找對方的破綻。

電雨依然沒有傷害，該注意的只有她的拳頭而已。

「【疾驅】！」

薇爾貝衝向二人。莎莉沒有這個加速技能，讓她輕易超過【超加速】已經失效的莎莉，只為擊中梅普露。

「【開始攻擊】！」

接著側步躲開射擊，繼續逼近，速度比梅普露轉身還要快。

「【豪雷】！」

爆發的雷柱吞沒了梅普露。不是想打出傷害，是為了破壞她的武器。

「【古代兵器】！」

藍色電光竄起。飄浮在梅普露周圍黑色方塊鏗一聲分開，變形成圓筒狀旋轉起來。

同時對試圖接近的薇爾貝高速射出無數的閃亮藍色光彈。

「喝！」

「【砲管啟動】！」

接著重新構築損壞的武器，繼續追擊薇爾貝，但逮不到在同一時刻再度加速的她。

可是槍彈也追不上的薇爾貝，卻在殺向梅普露時遭到了莎莉的阻擋。

「【冰槍】。」

冰錐之槍隨聲射出，薇爾貝腦中浮現不好的畫面。

於是選擇迴避，離開攻擊路線，這時莎莉揮刀了。

「我比較快的啦！」

薇爾貝減速踏步，躲開莎莉的匕首，但肩膀卻噴出傷害特效。梅普露離得很近，子彈多得是。莎莉對梅普露的射擊熟悉到背上彷彿有長眼睛，可以隨心所欲用【幻影】隱藏殺機。

「！又來……！」

即使吃了來路不明的攻擊，已經決定不要大驚小怪的兩人補個血又繼續進攻。

「【凍結大地】！」

雛田束縛梅普露，和薇爾貝一起穿過莎莉身旁，要貼近梅普露。

「！」

「我也是不會留手的喔。」

薇爾貝感到更深、更重的傷害。劃開腹部般的傷痕，並不是梅普露的槍彈或光束所造成。

「【流滲的混沌】！」

「【冰牆】！」

當注意力離開梅普露的瞬間，她放出的怪物口部撞上冰牆，轟然爆散。

「【三連斬】！」

莎莉的宣告使薇爾貝回過頭，且不禁瞪大眼睛。砍傷薇爾貝的凶手就在那裡。

莎莉一手是藍色匕首，一手卻是灰色長劍。

莎莉繼續順勢斬向薇爾貝。

「！又有奇怪的招式！」

「【取消】！」

莎莉當然沒發動技能，牽制薇爾貝並改變動作，猛然刺出長劍。

「【變容】！」

刺出的長劍變成長槍，距離劇變使這一刺能夠擊中薇爾貝。

一見薇爾貝退開，她就將武器變回和另一手一樣的藍色匕首，藏到背後旋轉交換。分不清哪邊是假。

「怎麼這麼多麻煩的東西，可以告訴我在哪找到的嗎！」

不僅是技能特效，連武器等看得見的都是假造。【偽裝】使技能名稱可以隨時改變，全部知曉的只有莎莉而已。

為了一口氣取勝，莎莉冷靜進攻。薇爾貝傷害雖高，她依然覺得這場戰鬥是在自己的掌控之下。

「…………」

優勢與失敗只隔了一層薄冰，而從容的態度，為她牽制了對手。

不知袖子裡藏了多少乾坤的角色，平常都是梅普露在扮，這次換成莎莉了。

她不斷在腦中描繪通往勝利的路線，然而——

「【毒龍】【開始攻擊】！」

莎莉趁梅普露攻擊時整理思緒。

她心中的不安，是來自薇爾貝和雛田的技能組合。

薇爾貝和雛田都有兩條路線：雷與格鬥、冰與重力。

這四者都是少見於其他玩家的技能。擁有兩套獨特裝備並混合使用的莎莉看得出來，她們說不定也擁有複數獨特裝備，而且和能用【偽裝】掩飾外觀的莎莉不同，裝備的統一感很強。

「我也只能不要想太多了。」

如此一來，要思考的事就少了一個。莎莉將裝備的事當成一個不能太樂觀的可能，收進腦袋的角落裡。

「梅普露，妳一結束我就上。」

「知道了！」

如果【登頂的渴望】沒有條件，她一開始就該用了，沒用就是因為有條件。

這麼一來，對方不會默不作聲，接下來將是最後關頭。於是莎莉開啟道具欄補充強

化效果，繃緊神經。

「薇爾貝。」

「……拜託啦！」

薇爾貝甩開疑惑果決回答。

她們是甘冒風險來到這裡的。與其半途而廢，不如打出所有底牌一決勝負。

「開始！」

「知道了！」

「【零重力】！」

「哇哇！」

「梅普露！」

發現一個壞預感成真，使莎莉臉色凝重。

雛田向四周迸散紫光的下一刻，沒有固定於地面的東西全都飄浮起來。

無論是飛行中的子彈、地上的毒液，甚至傾注的雷光都不例外。薇爾貝見到代替莎莉承受技能的梅普露無能為力地浮上空中，便在掌控著重力的雛田幫助下衝上天空。

「雛田……！」

「【開始攻擊】……咦！」

新擊出的子彈剛射出去就失去衝力，輕飄飄地往上浮，看得梅普露眼睛都傻了。

「【冰柱】！【操絲手】！」

唯一沒飄起來的莎莉也追向空中。

可是在空中的機動力，實在比不上能夠自由操作重力的對方。

「太慢了啦！」

「【脆弱冰雕】【鎧甲鏽蝕】【星辰破滅】。」

「梅普露，快用！」

「【暴虐】！」

「【爆碎拳】！」

梅普露毫不猶豫地隨莎莉的呼喊使用【暴虐】變成怪物。薇爾貝的拳狠狠打在她身上，怪物外皮伴隨劇烈傷害特效爆散，使本體梅普露摔在地上。

「【甦醒】！糖漿，【大自然】！」

「【冰柱】！」

梅普露用糖漿製造藤蔓，莎莉製造冰柱來阻礙對方，並以絲線將梅普露固定於地面，不讓她飄起。

儘管不能動，總比亂飄好得多。

「我可沒時間跟妳們慢慢等！要上嘍！」

如今能保護梅普露的就只有莎莉一個。現在所有遠程攻擊都會失效，梅普露等於是失去武器。跨越莎莉的保護，是薇爾貝最後且最大的障礙。

莎莉也上前迎擊來一決勝負的薇爾貝。

「【極光】！」

「……！」

莎莉發動她不該擁有的技能，將她和梅普露一起藏進光柱之中。

無論莎莉如何攻來，都準備要用速度甩開她。薇爾貝這麼想著，以繞大圈的方式跑動起來時，身體又被看不見的攻擊斬中。

「又來了嗎……！」

莎莉穿過雛田的冰和重力防禦，準確地反覆攻擊薇爾貝。

接著是手、腳。每次試圖接近梅普露，身上就有某處迸出傷害特效。

不過兩人仍冷靜補血，窺探時機。

當【極光】消退，看得見莎莉和梅普露的瞬間，薇爾貝一個箭步衝向梅普露。

「別想過。」

「【甦醒！】」

「……！」

薇爾貝和雛田的宣告使莎莉立刻警戒起來，瞬時描繪能夠想像的最壞情況，腦迴路高速運轉。

「唬我的吧？不是嗎？」

莎莉繼續揮刀前進。途中變化為巨劍，淺淺砍過薇爾貝。

「果然厲害！」

傷害特效如鮮血般迸散。

將兩種類型的強力技能運用自如，使她們不得不容忍一個強烈缺陷——飾品欄全被戰鬥技能飾品所占滿。

兩人無法裝備【感情的橋樑】。

儘管如此，這個隱瞞至今的事實仍使莎莉的攻擊出現短瞬的延遲。

能在這時買到這瞬間，就十分足夠了。

切肉斷骨。薇爾貝硬接傷害，高速竄過莎莉身邊。

「【砲管啟動】！【開始攻擊】！」

「【鐵心】！」

薇爾貝知道莎莉不會給她時間閃躲，於是使用效果時間短的強力減傷技能，再憑恃雛田的防禦，在彈幕之中進行最底限的迴避並持續向前。

「【紫電】！」

再藉電擊破壞梅普露的武器，衝進攻擊範圍。

「【古代兵器】！」

梅普露啟動仍未損壞的武器，黑色圓筒隨右手伸出而放射電光旋轉起來。

「雛田！」

「【脆弱冰雕】【鎧甲鏽蝕】【星辰破滅】。」

「【爆碎拳】！」

在梅普露蓄能的武器射擊之前，薇爾貝的拳先逮中了她。

而她當然是無力閃避。

這一拳果真如同兩人的最壞想像，正面突破了梅普露的防禦力，打穿血條。

但是，因傷害而表情扭曲的梅普露，仍注視著前伸的右手周圍那愈發激烈的電光。

「【反擊】！」

「！【雷獸】！」

梅普露右手湧現藍光。即使HP只剩下1，只要活著就還能動。她將薇爾貝的必殺一擊轉為自己的攻擊，特大號藍色光束將薇爾貝為緊急避難而變成的巨大白虎轟得老遠，一路射向遙遠的地平線。

「梅普露！」

「嗯！」

兩人之間是絕對的信賴。當莎莉什麼也沒說，直接放薇爾貝過去時，就已經確信梅普露能夠活過這一擊。

所以不用迴避也不必防禦，只考慮攻擊就行。

把生命交給莎莉的判斷就行。

莎莉一直假借重放強化效果來查看時間。她是經過以秒為單位的精確計算，才決定在這個時間開始作戰。

此時此刻，時間只過了十二點幾秒鐘。

「……！」

「再來換我們了。」

莎莉逼上薇爾貝。速度仍有差距，對方不是撤退就是應戰。

而她並不猶豫。計策已經用完，只剩把對方將死。

「【神速】！」

「這是……！」

想鎖定莎莉的雛田睜大了眼，莎莉利用絕德的技能消失了。

「薇爾貝！」

左方空間扭曲，莎莉憑空現身。即使不懂為什麼，也非得應對不可。

「【冰槍】！」

當雛田的冰擊中對方，兩人才知道那是幻象，本尊才不會被那種東西擊中。

本尊在右邊。莎莉用【幻影】引開注意，藉【神速】縮短距離，左手猛力拉扯絲線。

絲線另一頭，是補完血的梅普露。

其胸口，破碎的鎧甲底下露出電光劈啪作響的暗紅球體。能將兩人一起炸翻的【核心鎔燬】光芒急速增強。

「糟糕……！」

「請快跑。」

雛田短短留下這句話就切斷兩人的重力連結，衝到薇爾貝面前。

「【隔絕領域】！」

對象是她自己和梅普露。以雛田為中心擴散的紫色圓罩，將她們封入他人無法干涉的異空間裡。

「咦咦！」

「哼哼，別想得逞。」

雛田柔柔一笑之後，梅普露發出的爆炸完全填滿了雛田造出的空間。

第六章　防禦特化與最後的休息

「啊啊啊！培因那樣還打不到喔！」

「沒辦法。如果能跟他們對砍，培因絕對不會輸，可是被擺了一道啊。」

幾乎同時開始的激戰分別結束，在戰鬥中倒下的玩家都傳送到了觀戰區。

懊惱呼號的是多拉古。

培因射出的光之奔流只差一點點就能擊中莉莉和威爾巴特。

接著麻衣、霞、馬克斯和雛田也來到專心觀戰的多拉古、絕德、米瑟莉和辛恩身邊。

「對不起喔，我掛了。雖然守住了蜜伊。」

「夠了夠了！那個實在是預測不到啦。」

「就是啊……」

「能在那麼短時間裡救蜜伊一命就很了不起了。」

人事已盡，接下來只能交給活下來的同伴了。馬克斯也是為了讓蜜伊繼續帶領公會而救她的。

「結衣她成功啦……太好了。」

同樣傳來這裡的麻衣見到結衣沒來，來的是馬克斯，不禁鬆了口氣。這表示她們的計畫順利成功了。

儘管沒有達成打倒蜜伊這個首要目標，打倒馬克斯已是足以自豪的戰果。

「喔，妳們幹得很漂亮喔！賭到他們沒看見，把他們給陰了。」

「唉，那種打法真的沒有其他人會了。」

「謝、謝謝！」

無論是把玩家打上天空，還是反彈攻擊，都只有結衣和麻衣才能做到。

「妳們心臟那麼大，是梅普露的真傳吧。會有人因為做得到就變成煙火嗎？」

「一般會找其他方法吧。」

多拉古中肯的感想也獲得絕德的贊同。

「我就一定不想……」

「我也是恕難從命呢。」

「真虧奏配合得來。」

雙方陣營閒聊起來，只有雛田忐忑不安地看著螢幕。

「擔心薇爾貝啊？」

「是霞啊。對……很難不擔心。」

戰鬥結束後，螢幕畫面在各處的零星戰鬥間切換，追擊戰結果如何不得而知。

「我們是很想把她抓下來啦，可是看樣子……」

「希望她有跟蜜伊成功會合。」

薇爾貝和蜜伊沒來到這裡，已經說明了結果。

距離薇爾貝的能力強化失效，還有一點時間。

莎莉需要分神注意被關進異空間的梅普露，所以雛田是希望薇爾貝能夠趁隙利用速度差距甩開追兵。

「梅普露和莎莉有打贏就好，培因會把我的角色扛起來的。」

霞是具有機動力的攻擊手。即使各有特色，單看「攻擊手」這角色時，能取代的玩家也相對地多。

所以她才會毅然冒險進攻。

既然結果是梅普露和莎莉打倒了堪稱無法取代的雛田，那霞也沒有白阻擋莉莉和威爾巴特了。

盯著螢幕等了一會兒，大夥也沒等到下一場戰鬥。這時辛恩來到兩人身邊，想聊那兩場戰鬥。

「霞，妳還有藏那種ＤＥＢＵＦＦ啊～？」

「我沒有藏，只是沒機會用而已。」

「【大楓樹】也不需要DEBUFF吧。」

辛恩往麻衣瞥一眼。要想像她們把未經弱化的敵人打上天邊，是極其容易。

「我太簡單就中他們的計，真對不起克羅姆。」

威爾巴特居然能藉魔寵使出不遜於雛田的強力控場技，可說是一大失算。

如果不是那招，那點距離克羅姆是趕得過來才對。

「我也有責任，要是我活著就好了。」

假如絕德和疾影還在，緊急避難和移動都能更有彈性。原本夜間是打算以絕德為中心來行動，但中心人物提早退場，戰鬥路線也不得不改變。

「以後一定會被芙蕾德麗卡唸死。」

「這次算我活該吧～」

「雛田和薇爾貝也很可惜耶……」

「對不起，我還以為一定能贏。」

雛田她們也是抱著藉由打倒梅普露和莎莉，使戰況一口氣倒向勝利的想法試圖夾擊。打倒了梅普露，面對莎莉就能占盡優勢，然後再與【炎帝之國】會合，然而莎莉的表現卻超過薇爾貝和雛田的想像。

「對了對了！莎莉那是怎樣？」

「能那樣打也太誇張了。」

「真的嗎？我都不敢看……」

「跟她打的時候，我被她嚇到好幾次。」

在現場見識過的雛田，與被打倒後持續關切莎莉戰況的辛恩針對莎莉聊了起來。

「絕德，你覺得呢？之前不是跟她單挑過嗎。」

「只有第四次活動打過一下下而已，現在一定超難打。」

絕德搖搖頭回答多拉古。

「咦～真沒想到。我覺得你很厲害了耶。」

「動作的精準度實在差太多了。疾影也不太適合單挑。」

絕德接著猜想，培因或許能比他打得更好。

「話說莎莉也會用【神速】了耶。」

「咦！該不會……是你教的？」

馬克斯聽了米瑟莉的話而對絕德問。絕德聳聳肩，表現出不知情的樣子。

「沒有那個的話，還可以選擇逃走的……」

莎莉不止加速，還隱藏了身影，讓她得以輕易接近。

認為莎莉沒有這個技能，成了她們判斷延誤的要素之一。

「真的愈來愈需要小心了。而且她的武器還會變形！技能又很奇怪。」

「咦咦……？」

馬克斯露骨地擺出厭惡的臉。反應跟看到梅普露變怪物一樣。

辛恩等三人再度望向螢幕，要重點分析莎莉的動作，盡可能多帶一點資訊回【炎帝之國】。

雛田也坐到廣場的椅子上，守望【thunder storm】剩餘成員的奮鬥。

「…………」

這當中，絕德為成功回敬【thunder storm】而吁了口氣。

他不曉得莎莉那些技能是哪來的，但【神術】卻是貨真價實。

絕德死前捎出的信，是來自芙蕾德麗卡的技能【信鴿】。這個技能不止能傳送強化效果，還能請對方送技能回來。

由於效果強大，回信只限一人。

於是擁有多個強效技能的絕德選擇送出【神速】。

「算是……有點貢獻了。」

「報了一箭之仇啊。音符也是大功臣。」

「多拉古，不要跟芙蕾德麗卡說，不然她又要跩起來了。」

「哈哈！讓她跩讓她跩，她那樣比較厲害。」

「……說得也是。」

兩人繼續觀戰。現在只是有幾個矚目玩家出局，離活動結束還早得很。

霞和麻衣也選擇留下。

接下來是聲援他們，祈禱不會再有【大楓樹】成員來到這裡的時間。

「莎莉果然厲害，動作比熱身那時還要漂亮吧。」

「和霞姊姊一起打的時候也很厲害呢。」

「莎莉是愈不能輸時就表現得愈好的人吧。不過話說回來……」

霞和麻衣都事先了解過莎莉的技能效果，能做出怎樣的事，但沒想到善加運用可以做出這麼大的變化，不禁面面相覷。

沒有親眼見識她的戰況，很難體會莎莉新技能的強大。

然而那個技能對莎莉自己的技術依賴性很高，就算她們取得同樣技能也不太可能表現得那麼精彩。

「梅普露還在，就相信她會成功吧。」

「我……我也相信結衣會連我的份一起努力！」

【大楓樹】殘存成員全是精銳，足以託付希望的玩家。

兩人就這麼期待己方陣營獲勝，也往螢幕望去。

◆□◆□◆□◆□◆

梅普露脫離雛田製造的圓罩後，莎莉迅速趕到她身邊，確定薇爾貝不在附近後取消落雷幻象，幫梅普露補血。

「辛苦啦，梅普露。」

「嗯！薇爾貝呢？」

「好像撤退了。」

在勝負不明的激烈戰鬥後，她多半不會還藏有【神速】這般隱身技能，但到了這一刻，實在大意不得。

莎莉要將梅普露的安危視為第一優先。

「莎莉也辛苦啦！超厲害的！」

「是嗎，謝謝。梅普露攻擊都沒停也很棒喔。」

「哼哼哼～我相信妳嘛！」

「很高興沒讓妳失望。」

戰鬥中看不了時鐘。在最後的激烈攻防之中也能冷靜計算時間這麼誇張的事，也只有莎莉做得到了。

兩人各自發揮長處，與足以正面橫掃她們的對手戰到了最後。

「呼～最後用【核心鎔燬】真的用對了。那招大家都沒見過，很難躲。」

畢竟難纏到需要梅普露自爆才能打倒的敵人是少之又少。

知道這強力爆炸正確範圍的人，只有【大楓樹】成員而已。

「有把技能看清楚真是太好了！不然會以為不能用呢。」

「就是啊。如果都沒搞懂就不能用了。」

梅普露誤會了【核心鎔燬】很長一段時間。能夠活下來，不是因為防禦力，而是很早以前得到的技能【炸彈吞噬者】。

即使在防禦力被雛田減弱的狀況下也能存活。

正確了解技能後，她便選用這個大絕招當最後一擊。

「幸好有成功……不過，真的有點累了……」

沒有追擊薇爾貝的另一個原因，就是莎莉能為這場戰鬥提升表現的時間已經到了。現在專注力下降，身體沉重，反應變得遲鈍。現在再打一場，肯定不會那麼俐落。

這時雷依載著培因和克羅姆從天空降落到兩人身邊。

「妳們都沒事啊！這邊怎麼樣？」

「幹掉雛田了，薇爾貝應該是撤退了。」

「我們是霞被幹掉了。不過他們中了ＤＥＢＵＦＦ，大概不會打過來……總之抱歉。」

「是我勉強你去對付他們的，我才抱歉。如果我們也能帶走薇爾貝就好了。」

即使計畫成功，梅普露這天又沒有【不屈衛士】可以保險了。

能打倒薇爾貝當然最好，可惜天不從人願。

「那個，莎莉到極限了……」

「打了一整天嘛，我了解。」

沒必要再勉強她。現在沒了雛田，薇爾貝的防禦力和機動力都大幅下滑，下次肯定有機會。

「有訊息……說是麻衣跟【聖劍集結】的成員死在蜜伊手上，可是也打倒了馬克斯跟很多對方的人。」

「他們在人數上本來就很不利，有這樣的成果已經非常好了。」

對上【炎帝之國】集團，必然有場硬仗要打。

結果不僅擋下了對方進攻，還造成重大損失，表示他們打得很精彩了。

「雖然薇爾貝、蜜伊、莉莉、威爾巴特這幾個還活著的都很危險……配合下次怪物進軍，機會就很大了。」

「是啊，再來一次就行。」

上次利用【重生之闇】推進時，是被雛田用【霜之國】重整回來，然而下次就不會有這樣的事。

就看下一次大型集團戰了。這次的小型戰鬥，也是以贏得大型集團戰為最終目標。

「休息吧。我想，能確實防禦威爾巴特狙殺梅普露的，只有莎莉了。」

「聽起來有點怪怪的，不過呢，我也同意啦。」

培因將三人載上雷依的背，飛向王城。

深夜的戰鬥就此劃上句點。

◆□◆□◆□◆□◆

接下來沒有再發生戰鬥，四人一回到城裡，就見到滿身疲憊的【聖劍集結】和【大楓樹】成員。

「回來啦……」

「看來你們都順利撤退了。」

「很累的好嗎～！殘存的敵人一直丟魔法過來～蜜伊還把那附近整個燒掉了！」

騎伊葛妮絲到處放火，對蜜伊來說沒有風險，能多消滅一個敵軍就是賺。

「我們還在路上抓抗火強的怪物當肉盾咧～」

「為了保護麻衣跟結衣和撤退，也把我的無敵技能都用完了。我應該是存了很多才對啊。」

奏尷尬地苦笑。

撐起奏強度的魔導書不是能輕易補充的東西，下次不能再用同樣打法了。

「我的牆壁跟機器也都被這場吃光了，暫時只能用炸彈這種。」

伊茲的道具消耗猛烈，芙蕾德麗卡和【聖劍集結】的成員們也都疲憊不堪。其中仍能拿出全力的只有結衣而已。

「因為大家都在保護我……」

「計畫就是這樣嘛。」

「傷害比我們全部加起來還大咧。」

主要以塔盾手構成的同伴們紛紛表示計畫本來就是如此，請她別介意。無論其他人血被磨去多少，都要把力量傾注在他們的主攻手身上。

他們純粹是執行了有結衣和麻衣在場時勝算最高的戰術罷了。

「大家好好休息吧，到時間我先去外面守。」

「很勤勞喔～嗯～這次就聽你的吧。」

芙蕾德麗卡樣子和平常沒兩樣，但實際上也似乎很累了，伸個懶腰和公會成員一起回王城。

「梅普露，讓莎莉多休息一點吧。」

「好！」

現在不需要硬撐，莎莉便乖乖去休息了。

明天也要跟在梅普露身邊眼觀四面耳聽八方。為了貫徹保護她的責任，休息是必不可少。

就這樣，【大楓樹】也一一睡去。培因也在確認蜜伊和薇爾貝沒來到附近後，為日出後的戰鬥休息片刻。

◆□◆□◆□◆□◆

梅普露幾個休息時，蜜伊將路上接到的薇爾貝送回城，稍作喘息。

「現在全部召集起來攻過去，也不是不能打，但也沒這個必要吧……他們三個都那個樣子了。」

眼前的莉莉和威爾巴特遭到霞的技能嚴重削弱，不是能戰鬥的狀態。【登頂的渴望】的負面效果也使得薇爾貝的能力值大幅降低，一副虛脫的樣子。

儘管他們三人並不等於全部戰力，現在也沒必要在沒有他們的情況下開戰。

「本來還想打倒他們三個，去包夾對面的說。」

和霞為了打倒對方而多踏了一步一樣，為打倒霞而停留的兩人也離不開弱化技能的範圍。

「今晚真的是不行了，累死我了啦……」

「下次大型戰鬥就是關鍵了吧。我們的DEBUFF在那之前都會解掉。」

「我的數值也會復原。」

「那就沒問題了。」

「剩下的問題就是怎麼打了吧……」

怪物大舉進攻將是這場大戰的開端，屆時的首要問題無疑是梅普露的存在。

莉莉和威爾巴特如此執著於打倒梅普露，主要就是因為不想再讓她繼續用【重生之闇】製造軍隊。

「正面交鋒那時給我的印象，實在是很不好。」

「就是啊。要是我和蜜伊的攻擊又被躲掉，那就糟了。」

培因用聖劍的光之奔流掃場，梅普露再讓怪物大舉突襲的事一定會發生。

四人都看不見在這種情況下獲勝的畫面。

需要爭取時間施放強力招式，抵禦敵方的痛擊。擔任要角的雛田、馬克斯、米瑟莉和辛恩退場，使計畫出現顯著的破洞。

「很可惜，我們現在都沒有有效對策。」

「非常抱歉……」

莉莉往薇爾貝和蜜伊看，想聽聽她們怎麼說。

「我是有一個啦。」

「我也是只有一個。」

「很好，非常好。」

莉莉隨即洗耳恭聽，在休息前作最後的商討。

聽完以後，莉莉和威爾巴特都認同地點了頭。

「這樣的確是有翻盤的機會，有一試的價值。」

「我同意。」

「我需要一點準備喔！」

「好。現在對面應該很警戒，出去亂走遇到人，恐怕跑不掉。

不管要做什麼，都得等數值恢復再說。今天要就此休息是不會改變了。

「莉莉、威爾巴特，執行作戰的時候，希望能以【Rapid Fire】為中心來行動。」

「好。不用客氣，這個我們很拿手。」

決定在明天怪物大舉進犯前，要盡可能傳達作戰計畫給更多玩家知道後，四人就各自開始休息。

「會有一場硬仗要打呢。」

「有勝算的話，硬也沒關係。」

還有幾項得在戰鬥前做好的準備，明天也要一大早就開始行動。

「應該不至於打到最後一天吧。」

兩人猜想最後一戰就在明天，也接連睡去。

◆□◆□◆□◆□◆

翌晨，窗口探進的陽光照醒了梅普露。

看來敵方整夜都沒攻來，城裡安安靜靜。

「嗯……」

她伸個懶腰坐起來。體力已充分回復，身體狀況也是萬全。

下床開了房門，正好看到來叫她起床的莎莉就在門外。

「早安呀，莎莉！」

「早安，梅普露。很有精神喔。」

「妳都好了嗎？」

「嗯，休息夠了。」

經過確實的休息，就能再次發揮平時的身手。

「我們去吃早餐吧，順便開作戰會議。」

「知道了！」

兩人前往【大楓樹】的房間，伊茲已經在裡面了。

「早安。還有哪裡會累嗎？」

「都沒問題！」

「那真是太好了。」

伊茲將保存在道具欄中的餐點擺上桌，吃了會獲得長時間的強化效果。

效果自然是比不上戰鬥技能，不過勝負有時就分在數值的些許差距上。

最重要的是，那實在很好吃。

用餐途中，其餘三人也來了。

全員到齊後，大夥便開始討論今天的方針。

「怪物是中午開始進攻，在那之前最好避免戰鬥。」

「是啊。照上次那樣就能躲過薇爾貝和蜜伊的攻擊。」

「沒錯。薇爾貝和蜜伊強歸強，不過培因……也很誇張。」

那光之奔流不僅強大，發動時間又短，只要芙蕾德麗卡替他匯聚強化效果，轉瞬就能消滅眼前的一切。

通往勝利的道路十分明確，只要靜候時機到來即可。

「那對方會怎麼出招？」

「應該會想搞事吧，就像半夜引我們出去那樣。」

「這樣的話怎麼處理？我可以出去打！」

當然不是不能打，只是莎莉認為沒這必要。

「我還是覺得所有人步調一致會比較好。」

假如蜜伊或薇爾貝衝進來，能處理的玩家當然是愈多愈好。

無論她們的廣域攻擊再怎麼強大，在這個有無敵技能和取消技能的環境下，諒她們也不敢隨便強行闖入敵陣中央。

「慢慢等就對了吧！」

「梅普露也比較習慣這樣嘛。只要穩穩地打，一定能抓下勝利。」

莎莉也將敵方防禦要角出局視為一大優勢。

「所以要怎樣等，適度削減敵方數量慢慢等嗎？」

「是啊，這樣應該就行了。為安全起見，梅普露還是待在王城裡待命吧。嗯～伊茲姊也需要做道具……」

結衣基本上是決戰兵器，不適合戰鬥以外的事。若不在防禦陣形中，風險就會變得很高。

「先來觀察有沒有奇怪的動靜吧，一出擊就被包夾就不好了。」

「ＯＫ，派誰去？」

「克羅姆大哥跟我。奏也來吧，有事的時候比較好處理。」

「好的，沒問題。」

預感告訴他們，下次大型戰鬥，戰況將大幅傾向某一方的優勢。

因此，要趁現在盡可能做好準備。

「梅普露，妳【暴虐】是在換日前不久用的吧。」

「嗯！今天可以用！要好好運用才行。」

不是用來攻擊，而是緊急避難。幸虧這次有許多夥伴能幫忙輸出傷害，製造威脅。

梅普露要做的事，基本上就是在合適時機使用合適技能支援全軍。例如【救濟的殘光】、【重生之闇】和【機械神】的砲火。人在後方也能參與戰鬥，即是梅普露的強項。

再來就看臨場反應了。莎莉對梅普露說。

「要專心一點喔。」

「ＯＫ！」

莎莉與用完早餐的克羅姆和奏一起離開房間。

「話說，下一場戰鬥就是最後了吧。」

「我覺得很有可能。莎莉，有要特別做什麼嗎？」

奏從飄在背後的書櫃取出幾本書。

既然要主動結束活動，奏就有魔導書能用了。他只是用光防禦型的，攻擊型的還多得是。

「看狀況吧。畢竟需要看雙方人數差距，而且最後還要攻城呢。」

「說得也是。太浪費的話，攻城就什麼都不能做了。」

「在我們慢慢砍數量之前，培因就會出擊了吧。要也是在那之後。」

三人出城之前，先去清點存活玩家人數。

昨天白天的大戰中，躲過敵方大招替他們建立不少優勢。在夜間的零星小型戰鬥過後，依然是己方陣營人數較多。再來就是趁現在盡可能捻熄恐將推翻這優勢的火苗。

「奏，還有搜敵技能嗎？」

「晚上都是【聖劍集結】的人在搜，我的都沒動到。」

「很好。那先從地圖上有沒有被裝道具開始檢查，然後再看看有沒有玩家趁夜裡躲在我們這邊。」

大型戰鬥中，傷害主要是來自擅長大範圍攻擊且射程較長的魔法師。

莎莉和克羅姆這樣單挑能力優異的玩家，在集團戰中能做的很有限。

再怎麼說，下次戰鬥都是多對多。脆弱的傷害輸出者被偷襲轟掉一大半的惡夢，無疑得避免。

「我想，對面不太可能沒有動作。」

「是啊，小心一點。我們突然被打也不奇怪。」

「到時候防禦就靠你啦。」

「看我的，這次一定會守好。」

三人就此搜索城鎮周圍各個角落，檢查是否有可疑之處、是否有敵人躲藏，做好戰前的最後確認。

同一時刻，【聖劍集結】根據地主要聊的也是這個。只是他們戰力大得多，內容自然比【大楓樹】具體。

【聖劍集結】也有和【大楓樹】以外的公會結盟，並私下聯絡。

在了解過其他公會的戰力狀況和方針等資訊後，才決定整體陣營的行動。

無論是攻是守，若在重要場面各執己見，很難在集團戰中取勝。

「培因～大家感覺怎麼樣？」

「喔。大部分公會都是相同看法，要在這一次分出勝負。」

「咦～也是啦，現在人數有差距嘛～」

「是啊。要在戰況在發生致命失誤而改變之前，快速收拾殘局的意思吧。」

當時雖然成功度過了蜜伊和薇爾貝的超大範圍攻擊，在心裡留下的恐懼仍難以拭去。只要她們打出一波完美攻勢，這邊就會立刻陷入困境。

因為保險起見，要盡可能減少被她們攻擊的機會。

「這樣不是很好嗎～？最好就是想進攻的時候一起攻嘛～」

「問題就在於敵方會怎麼出招……」

【聖劍集結】的第一擊，無疑將是為眾人上強化法術的芙蕾德麗卡使用【多重全轉移】，用聖劍掃場。

簡潔有力，沒有比這更好的了。

「那我怎麼辦～？一起打【瑪那之海】也是可以啦。」

「要強推的話是不錯，不過……有件事我不放心，想聽聽妳的意見。」

「嗯～？是可以啦～」

培因道出心中所思後，芙蕾德麗卡想了想說：

「原來是這個啊～真的是有點討厭耶……嗯～」

芙蕾德麗卡思索片刻，說出自己的想法：

「不如就這樣吧？」

培因聽了點點頭，接受提案。

「那我們走吧。這不過是一種可能而已，需要跟其他公會知會一下。」

「ＯＫ～不能太膽小～這個很需要勇氣喔～」

兩人就此聯絡其他公會，理清細節。

最難的就是如何將有利導向勝利。培因等人也用他們的方式，和【大楓樹】一樣小心翼翼地檢查有無缺失，要讓自己堅若磐石。

第二次大型戰鬥分秒逼近。

反觀梅普露等人的對面這邊，流水與自然的國度，伊葛妮絲降落在城牆前。

這邊也是從確認自身據點周邊安危開始。

「謝謝，這樣真的快多了。」

威爾巴特跳下伊葛妮絲的背。他的搜敵遠比梅普露她們簡單且正確，能帶來實在的安心。他這次也只是騎著伊葛妮絲繞周圍一圈而已。

「真是太方便了。」

「沒有任何人來，也沒有被裝東西。我十分肯定。」

「我相信你。」

那麼，接下來只看如何應付八成會正面攻來的梅普露等人了。

兩人返回城中，莉莉和薇爾貝正在等他們。

「威爾，附近怎麼樣？」

「什麼也沒有，毫無異常。」

「ＯＫ。來為作戰計畫作最後的確認吧。」

【炎帝之國】、【thunder storm】和【Rapid Fire】的行動，是這場作戰的關鍵。

「我們要在之前講好的那些條件都達成的時候開始行動。」

「如果沒變成那樣，其實也不錯啦……」

「就是啊。」

「要是拖到太不利，反而會讓計畫難以執行。要做就要拿出決心。」

「說得也是！知道了！」

薇爾貝覺得蜜伊說得沒錯，往臉頰大力一拍，為自己打氣。

「戰鬥時要小心一點，不小心死掉就白搭了。」

簡單叮嚀之後，四人也同樣等待集團戰的開始之時。在能感覺到培因那邊想速戰速決，而己方又有人數劣勢的狀況下，在更為惡化之前縮短差距的想法成了主流。

儘管理由不同，仍想奮戰的想法都是一樣的。

戰鬥是勢必會發生，且出擊之時多半就是活動機制啟動的那一刻。

四人也就此為即將到來的戰鬥著手準備。

第七章　防禦特化與高潮

時間在各自準備當中轉眼流逝，存活玩家陸續聚集在城牆周圍。

【大楓樹】的六人當然也在其中，等待出擊之時。

「梅普露姊姊，請坐後面。」

「謝謝結衣！」

這次不玩空中戰略兵器梅普露了。既然威爾巴特還在，他肯定會戒備這點，被他看過的伎倆會更容易處理。

空中能躲的地方太少，又難以支援。風險比利益高太多，於是作罷。

至於速度難以跟隨大隊移動的部分，騎上雪見就能輕鬆彌補。

「可以的話……希望把【方舟】留到晚一點再用。」

「馬克斯不在就沒有【一夜城】，真想多牽制一點。」

「我道具都準備好嘍，一定會儘可能多幫你們一點忙的。」

防禦面確實薄弱了點。在缺乏遮蔽物的戰場上，蜜伊想施放【黎明】也沒那麼容易。以【大楓樹】為首的精銳型小公會要做的，就是在戰場上靈活移動，針對威脅作有

效抑制。尤其薇爾貝和蜜伊，都是最優先警戒對象。

以量制量。主導戰鬥的事，就交給【聖劍集結】等大型公會。有特長的人才，要用在合適的地方。

不久，野外怪物的行為出現變化，開始往敵陣集體移動。

「出發嘍，梅普露。」

「嗯！」

【大楓樹】也夾雜在呼號著開始進軍的眾多玩家中邁開步伐。

進軍途中，各公會的搜敵人員不停使用技能，以免大隊遭到偷襲。先一步到戰場上偵察的部隊回報沒有陷阱，全隊得以萬全之勢持續推進，最後終於見到前方出現滾滾沙塵，以及眾多敵方怪物與玩家的身影。

所有人握緊武器，一觸即發的預感使空氣頓時緊繃起來。

在這片只聽得見怪物把地面踏得隆隆作響的戰場上，敵方先出手了。

「【殺戮豪炎】！」

「【轟雷】！」

「穩住！」

培因對公會成員呼喊。斥侯已確認過蜜伊尚未使用【黎明】，隊伍不慌不忙地立即張開大量屏障抵擋火焰與雷電，將損害壓到最低。

兩人的攻擊成了開戰的信號，雙方魔法齊出。

兩軍前鋒在屏障保護下往對方奔去，爆發激烈衝突。

「芙蕾德麗卡！」

「知道知道～！」

「雷依，【全魔力解放】【光之奔流】！」

「【多重全轉移】！」

要削減數量破壞陣形就要盡快。這時莎莉竄到高舉赫耀聖劍的培因身邊。

「借用一下。」

「……！」

培因發覺莎莉的意圖，掃出匯聚了所有強化效果的聖劍。

「【聖龍光劍】！」

培因放射的光之奔流轟向敵營，對方各使技能來處理這恐怕一碰就死的攻擊。

免傷技能是非常單純的最強防禦手段，所以能無視免傷的【黎明】才受眾人畏懼。

然而莎莉當然明白免傷技能的破綻在哪裡。

「【聖龍光劍】！」

莎莉的武器放出與培因相同的光輝，晚一拍將光流轟進敵陣。

由於免傷技能效果強大，作用時間幾乎都很短。

「【虛實反轉】。」

當敵方玩家免除培因的單次攻擊後，第二擊帶著完全相同的特效，悄悄地欺近了他們。偽裝成光流的延伸，卻理所當然地造成另一次攻擊的傷害。

莎莉只能重現培因的技能，不包含其強化效果，不過還是讓許多不懂箇中祕密的玩家消失了。

見到敵陣出現大洞，同伴們也一鼓作氣朝缺口猛攻。

若知道攻擊承受不起，一般是不會張設屏障或提升防禦力，直接用免傷技能來防。

莎莉就是看準了這一點。

「莎莉，那四個呢？」

「都在。」

「我們去幹掉他們。」

痛擊敵人後，培因也完成了一項重要工作。

再來只要擊倒能夠偷襲梅普露的玩家，就能大膽使用【重生之闇】強行取勝了。

「梅普露呢？」

「在伊茲姊特製的箱子裡放ＢＵＦＦ。」

「……？好吧，不用擔心就好。」

培因叫出雷依並【巨大化】，隨即載著莎莉飛上空中。

莉莉用召喚兵填補培因與莎莉聯合轟掉的玩家，兩人也因此掌握了她和威爾巴特的位置。連續發動技能的特效和顯眼的裝備，使他們在人群之中也特別醒目。

「雷依，【聖龍吐息】！」

光之吐息往敵方集團掃去。莉莉和威爾巴特像是不想牽連太多人，逐漸離開集團，往後方移動。

在空中，能將戰況看得十分清楚。

雖然蜜伊和薇爾貝的攻擊確實造成了損害，培因和莎莉卻將人數差距拉得更大，維持優勢。

「……」

只要莉莉和威爾巴特離遠一點，就沒機會牽連其他後方玩家了。

不過有霞的前車之鑑，培因對是否該往他們衝有些遲疑。

「就走吧，二對二應該打得起來。如果能讓他們遠離其他人又更好了。」

「好，在這邊怕也沒有用。雷依，【流星】！」

雷依發出光芒急速俯衝，目標當然是敵陣後方的莉莉和威爾巴特。

莉莉和威爾巴特兩人也知道培因和莎莉會往他們殺來。

莉莉續以召喚兵維持戰線，知道主戰場狀況不太樂觀。

面對迅速進逼的雷依，兩人用幾句話整理現況。

「威爾，狀況比想像中還糟。應該是莎莉做了什麼吧。」

「是啊。」

「幫我傳訊。」

「……知道了。」

原以為挺得住培因的初擊，但結果很不如意。儘管如此，他們也不會讓對方一路壓到贏。

「【重新生產】【傀儡城牆】！」

雷依衝破莉莉重構召喚兵而堆起的牆堵，降落地面。

「這次不會讓你們跑掉了。」

「我會替霞報仇的。」

「拿出鬥志來吧，威爾。能打倒他們，士氣也會大增。」

「當然。讓我們戰勝他們吧。」

莉莉高舉旗幟，在面前召喚士兵。

見狀，莎莉和培因同時出擊。

莉莉腳程不快，果斷上前的莎莉瞬時縮短了間距。

「【二連斬】！」

莎莉的匕首發出紅光，要對莉莉使出連擊。莉莉當然用旗幟招架，但不予反擊，先冷靜觀察莎莉的動作。

「【取消】！」

莎莉中途停止動作，對莉莉突刺，而莉莉一個蹬步躲開，指揮士兵攻擊莎莉。

「有聽說了是吧。」

「那當然。」

薇爾貝成功逃離以後，也將那晚見到的攻擊回報給了莉莉。

「那這招怎麼樣？【自動取消】！」

莎莉發出紅光，這次配合培因衝上前去。

「【光輝聖劍】！」

「【以身為盾】！」

培因在【多重全轉移】之後仍留有許多強化效果，放大招掃平護衛的士兵，莎莉也鑽空檔出擊。

「【三連斬】！」

莉莉隨連斬舉旗防禦，莎莉左手的匕首卻忽然改變路線，刺向莉莉。

「……！」

莉莉驚險避開，彈開照技能動作的右手匕首。

這時莎莉的左手匕首恢復原來路線，再度往莉莉砍去。

接下來，意外發生了。右手匕首冷不防改變路線，逮中莉莉的腹側。

「什麼……！」

「【僕從的獻身】！」

威爾巴特消耗自身HP替莉莉補血並提升防禦力，給她重整的空間。莉莉再度以熟練動作用士兵當人牆拉開距離。

「哈哈，原來如此。一聽到【三連斬】，就算心裡想注意，身體還是有點不由自主呢。」

老練玩家對基本技能的動作都很熟悉，可是遇上莎莉卻會造成反效果。若不特別注意，就容易下意識跟著技能路線防禦，然後被莎莉稍微偏移武器擊中。

「那個技能到底是什麼機制？」

「沒機關也沒機制啦。」

「哈哈，也對。」

其實那是實話，不過莉莉當然不會認為那真的沒機關也沒機制。

「培因，我準備上了。」

「好，我配合妳。」

莉莉的召喚兵和防禦能力頗為難纏。莎莉認為久戰無益，示意培因她要快速取勝。

「「【超加速】！」」

「【玩具兵】【重新生產】！」

為阻礙加速的莎莉和培因，莉莉再度召喚士兵，不過這早在兩人計算之中。

「【破壞聖劍】！」

「我都想哭了！」

培因威力異常強大的聖劍，瞬時就消滅了剛召喚的士兵。

莉莉的技能冷卻時間比他們短得多，若只是互打技能，遲早會占優勢。

可是莎莉利用培因製造的空隙貼近莉莉，不給她那種機會。

而莉莉也要自己別多想，注意莎莉的武器。

「【二連斬】！」

莎莉揮刀時，莉莉緊盯著匕首的動作。

「【火球術】！」

又是宣告。認知有魔法要來時，匕首變形成長劍，深深斬過莉莉。

「原來……！」

莉莉曾聽薇爾貝說過【變容】這技能，明白了連這也是假的。

莎莉輕易躲過她刺出的旗幟，刺出匕首。

「【風刃術】！」

接下來莎莉從背後射出風刃。莉莉皺著眉頭想躲，但明明還有段距離，腹部卻被劃出了傷口。

「哈哈，太麻煩了吧！」

射出風刃的莎莉其實是【幻影】。真莎莉的武器比長劍更長，已放大到巨劍的尺寸，在莉莉分神的瞬間造成重傷。

「唔，根本沒時間想！」

思考技能宣告和眼中特效究竟是真是假，會拖遲思考與反應。

莎莉技能的本質，即在於奪去對手如常思考及動作的能力。

聽說和親眼見識完全是兩回事。倉促間的臨場反應不是能輕易控制的東西。

「【水球術】！」

只要為思考技能真偽而產生剎那的延遲，對莎莉而言就足夠了。

況且在這個對莎莉的技能了解得並不夠的狀況下，反應延遲起來可不是只有一瞬間的破綻而已。

莉莉腳下噴出名為【水球術】的【高壓水柱】，將她沖上半空中。

「這比我想像中……更沒轍呢。」

「雷依！」

培因跳上雷依，急速接近懸空的莉莉。

「抱歉，威爾！拜託了！」

「【斷罪聖劍】！」

在莉莉將場面交託給威爾之後，培因揮出了劍。

「【以身為盾】。」

這次是威爾巴特的聲音。他代替莉莉承受培因的聖劍傷害，ＨＰ狂噴。

「謝謝！」

「好，再來就……」

莉莉對威爾巴特簡短道謝，並立刻叫出飛行器落於其上，往集團方向脫逃。

「威爾也真夠厲害……！」

莉莉皺著眉頭望向前方。

天眼改由莉莉單獨管轄，視野一口氣擴張開來。她和威爾不同，來不及處理完全覺醒的資訊量，能也只有一下子而已。

由於這必然會將能力縮限至一人份，無法使用【權能】，莉莉仍用急劇擴張的視野盡可能掌握現況。

「果然沒錯嗎。」

狀況不太好，可是玩家並沒有少到完全不能打。

「接下來才是重點。」

還有事情要做，認輸還嫌太早。

且讓時光稍微倒轉。培因和莎莉衝向莉莉和威爾巴特時，怪物也湧進兩軍對撞的主戰場，變成一場大混戰。

「【灼熱】！」

蜜伊也毫無保留，騎乘伊葛妮絲高速盤旋，來自空中的業火將無法承受的玩家燒成灰燼。

把注意力引到空中，就能減輕地面部隊的負擔。

「【開始攻擊】！」

「【破壞砲】！」

「伊葛妮絲！」

【大楓樹】當然不會坐視不管。當莎莉和培因將威爾巴特牽制得差不多，確保安全以後，梅普露也跳出鐵箱參與攻擊。

梅普露和奏從最後方對空中掃射槍砲與魔法攻擊，不讓蜜伊恣意妄為。

為限制蜜伊的行動，梅普露加大範圍灑子彈，確切地妨礙蜜伊的空中火力支援。

「【豪炎】！」

雖然她還是能找機會攻擊，卻遲遲無法造成嚴重損害。

這是預料中事，只是實際面對時，感覺還是很辛苦。

「威爾巴特他……這樣啊。」

蜜伊查看剛收到的訊息而暫時退後，躲開梅普露的射擊和其他玩家飛行魔寵的追擊，對公會成員傳訊。

「【極光】！」

傾注的雷光電焦玩家。落個不停的電雨比蜜伊的火焰更難防禦。

薇爾貝也很想衝進敵陣，可是現在少了雛田的【重力操控】。就算衝得進去，也難保跑得回來。

而且對方也不會放任她自由來去。若不持續注意敵軍後方，馬上就會有巨大鐵球飛過來。

「【卸轉】！給我滾開的啦！哇……！」

薇爾貝彈開逼至眼前的鐵球，卻被緊接而來的爆炎吞噬，退後補血。

「真的很多花招耶！」

對方聽不見。最後面有四道人影，分別是飛來飛去放魔法的奏、盤據高台用那些武器當固定砲台的梅普露、和她一起用鐵球提供火力支援的結衣，以及用自製砲台射炸彈

的伊茲。

他們四個的能力值和武器完全不同，在遠程攻擊上都一樣具有超高水準。光是能從最後方攻擊就十分強大了。無論再怎麼想解決他們，射程短的玩家就是拿他們沒辦法。

「梅普露，有幾個衝過來了。」

「知道了！【古代兵器】！糖漿，【精靈砲】！」

有幾個玩家以癱瘓梅普露為己任，乘著怪物試圖從空中接近。往那裡發射的，已經不只是漆黑槍彈造成的彈幕。當然還會加上來自地面的阻礙，以及梅普露身旁如加特林機槍般旋轉的兩個圓筒所射出的藍色光彈。雙重、三重彈幕化成厚實的牆堵，阻卻一切接近的事物。

「三、二、一！」

不像是人類能發出的爆炸聲響起。身旁結衣敲出的球體高速飛翔後在空中爆散，對周圍造成激烈傷害。

沒有被結衣敲出的球直接砸中，是能免於當場死亡，但距離沒事也差得很遠。

「伊茲姊，成功了耶！這樣就很好打中了。」

「不錯喔。我這還有很多，隨便妳轟。」

高速移動的玩家難以用鐵球擊中，會飛得就更難了。

所以犧牲威力，改用能夠確實造成傷害的炸彈才是最好。

對空防衛這樣就完美了。伊茲也毫不手軟地朝敵陣猛射炸彈。

「呵呵呵，比只能丟那時候好太多了呢。」

伊茲看著敵陣不停爆炸，心裡滿意極了。

人數占優勢的梅普露等人逐漸把敵人推了回去。由莉莉的召喚兵撐起的前線已經崩潰，大量玩家衝殺進來，將敵軍分成兩半。

幾乎同一時刻，莎莉這邊的戰鬥也結束了。

「【權能・超越】【變換陣形】！」

遭到分斷而等著被蹂躪的玩家忽然消失不見。

【權能】大幅增強了【變換陣形】的移動距離和效用範圍，瞬間將他們從梅普露等人面前救了回來。

不過優劣勢依然不變。不用多討論，所有人心中也有共識。

那就是往王城追擊。想贏得活動，本來就是得這樣做。在這時收手的必要是一點也沒有。

莎莉與留在前線指揮的培因告辭，回到梅普露身邊。

「梅普露！都還好嗎？」

「嗯！什麼事都沒有。」

「我跟培因把威爾巴特幹掉了，這樣應該安全很多。」

「真的？太棒了！莎莉真厲害！」

「主要是大家對我這個都不太了解，基本上就是跟耍詐沒兩樣……不過想贏本來就是要利用所有資源啦。」

莎莉轉著外觀一模一樣的兩把匕首說。

「梅普露姊姊，請上座～！」

「知道了！」

梅普露與來時一樣騎到雪見背上，隨大隊前進。

「蜜伊跟薇爾貝呢？」

「應該都還在，可是沒有到這裡來……」

「放心放心。要是打掉了，作戰方式應該會跟著變，我只是確定一下而已。我們有人在偵察，只要別在處理【黎明】和【雷神之鎚】上失誤就行了。」

「ＯＫ！」

「嗯～責任重大耶。」

能以少量資源應付大型廣域攻擊，即是【方舟】的強項。

莎莉已經用掉【虛實反轉】，接下來換奏和湊擔任這個角色。

湊對【梅普露】使用擬態，就能以不同於莎莉的方式，在兩個位置同時使用【方舟】。

進軍當中，搜敵技能的特效不時往四周擴散。

為了不讓對方假裝撤退而躲起來偷襲，有許多玩家在輪流灑警戒網。【大楓樹】成員的技能組合雖然強大，但也太特殊，幫不上這個忙，所以得在戰鬥上多貢獻一點。

王城的剪影在遠處隱約可見。敵人要守的地方，就是他們要攻的地方，那裡肯定又會有一場大戰。在場所有人都感到再戰之時就快到來，全都集中精神，剷除阻擋去路的敵方怪物，整支軍隊馬不停蹄地持續進攻。

因【變換陣形】而大幅拉開距離的莉莉等人繼續往王城前進。

能用雷電牽制敵軍的薇爾貝留下來殿後，奔跑之餘不時瞥視背後。

還抱著虛弱到可說是無法戰鬥的莉莉。

「妳、妳真的沒事嗎？等一下真的會恢復吧？」

「真的……」

為使用【權能・超越】而解除限制，使得更大量的資訊流入腦中。儘管只有一瞬間，仍超過了莉莉的處理負荷。

「真的不是我能用的東西。」

如果周圍幾乎沒人在，還能另當別論，可是接下來恐怕不會有那種場面。

「會追過來嗎？」

「現在少了威爾，我們先制攻擊的壓力減少很多，對方十之八九會追過來。準備好了嗎？」

「一開始就準備好了啦！」

「聽起來好像一開始就沒打算贏一樣。」

「沒、沒有這種事喔？」

「靠妳嘍，我頂多只能爭取時間而已。」

從培因能一舉掃平召喚兵就可看出，莉莉面對一定水準以上的玩家時很難占據優勢。

然而對方需要處理也是事實，她也具有獨力維持戰線的能力。

威爾巴特用生命保下她的原因也在這裡。狙殺一、兩個人就能改變戰況的階段，已經過去了。

「蜜伊呢？」

「在準備了！」

「薇爾貝，妳也沒問題吧？」

「當然沒問題的啦！」

前。

「ＯＫ……就來拚這場最後的勝負。」

莉莉身體終於恢復正常時，背後地鳴隆隆沙塵四起，保衛城鎮的白色高牆矗立於敵方城牆附近時，總算看見了藉莉莉的技能撤退的敵方集團。有些玩家沒有出來，在城裡固守，所有公會會長都曉得要在他們會合之前快速擊破。

在幾個大型公會會長以【聖劍集結】為中心互相聯絡下，進軍過程十分通順。來到

「我要殺進去了！跟上！」

培因與公會會長迅速聯絡，高聲號令。

前鋒玩家們配合狂化的己方怪物，怒吼著衝了出去。

「【巨浪術】！」

「【龍捲風】！」

基礎魔法中較為強大的幾個不斷射來，抗拒他們的接近。

然而那擋不住前鋒的突擊，他們以盾架擋或接受後方給的屏障，不斷縮短距離。

「大家加油～！」

梅普露在集團中心為上前的玩家打氣。當然她不會只是喝采，發光的地面即是【救濟的殘光】在保護他們的證明。強效傷害減免和補血效果，猛力推助他們的進軍。

「【閃電雨】！」

前方迸響雷鳴，串連天與地的閃電接連劈落。為應付這些高頻率的閃電，治療魔法放了又放。

只要不是一擊就死，且補師還有ＭＰ，就不是問題。

「一樣打不到最後面是吧！」

接連飛來的魔法，都不用克羅姆防禦就失去火力。

克羅姆為保護結衣、伊茲和奏而固守後方，即使確定目前位置超出所有攻擊的射程也依然注視戰場，以防不測。

但想到先前的戰鬥，他覺得有點不對勁。

「蜜伊她……跑哪裡去啦？」

眼前紛飛的魔法中，缺了蜜伊的火焰。克羅姆首先想到偷襲的可能，四處張望。

並正好在這時發現他要找的人物。

在天上。那拖曳強勁赤紅焰尾飛向遠方的身影，除了伊葛妮絲沒有第二個。

「培因！」

「居然真的來這套……！」

克羅姆呼喊的同時也向培因傳訊。蜜伊已經先一步脫離戰線，帶著公會成員攻打位在反方向的王城了。

「沒關係！繼續打！」

「不要怕！」

公會會長們也在安撫各自成員。

蜜伊的行動，不過是會長們設想過的敗戰可能之一。

想攻陷據點，需要相對的破壞力。現在這裡少了蜜伊，玩家們反而當成好機會，憑恃自軍攻城戰力遠高於對方而認為能夠先一步抵達王座，決定繼續攻擊。

這當中，莉莉總算是穿過城門衝進城鎮，對薇爾貝的背影呼喊：

「拜託嘍！」

「那邊也看妳的嘍！」

都準備好了。這樣就能執行一舉逆轉戰況的計策了。

薇爾貝周圍地面電光流竄。

究竟是【極光】還是【雷神之鎚】呢。鑑於過去戰鬥的破壞力，前鋒們不敢冒然踏入攻擊範圍，腳步霎時停駐。

「哈哈！一決勝負吧！【雷霆通道】！」

強烈雷鳴接連迸響。不斷打下的落雷劃過梅普露等人所在的位置，橫越地圖般愈離愈遠。

這個技能能帶同伴高速前往事先做過記號的指定地點。之前用來逃出敵方城鎮，現在是為了進攻而發動。

眼前的薇爾貝如今放棄防守據點，前去為蜜伊助陣了。

現在這樣硬撐，戰力只會愈差愈多，況且要撐過這種攻勢本來就很難。不如全賭在敵方防衛能力最薄弱的這一刻，為攻陷敵城而出擊。

「【全軍出擊】！」

從城牆頂乘上飛行器的莉莉發動技能。

原本就認為凶多吉少的她，特別為死守據點保留技能，城鎮裡到城牆上不斷有士兵湧現。

威爾巴特用生命保護莉莉，就是因為她是這場作戰不可或缺的角色。

「拖時間我最行，你們愈慢慢來我愈高興！」

梅普露他們離自軍城鎮實在太遠，現在只能拚誰先攻陷對方。

一旦作戰失敗，就沒有下一次了。不斷有玩家騎魔寵飛出城鎮，要與比較脆弱的玩家同歸於盡般衝過來。

為阻止對方的捨身策略，以自己的勝利結束這場活動，梅普露等人最後的戰鬥就此開始了。

◆□◆□◆□◆□◆

梅普露這邊真正的最後一戰在城牆前正式開始時，有大量魔法往朝著王城移動的蜜伊射來。

「真快……！」

伴她攻城的公會成員不是全都會飛，有一大部分在地面上。

單獨提前到達只會落得戰力不足的窘境，於是蜜伊降低高度，降落在到處有火山在冒煙，岩漿四溢的地面上。

在前方等著她的，是各公會為防有人想偷偷攻城而各自派人組成的快速打擊部隊。

他們都是相信這場集團戰己方必贏而離開戰場，到後方觀察敵方動態以防萬一的人。

「壞預感成真了耶～如果只是想太多就好了～」

「拜託妳上ＢＵＦＦ嘍。」

「從蜜伊開始打。危險的時候先救芙蕾德麗卡這樣。」

「ＯＫＯＫ～」

芙蕾德麗卡舉起法杖。擅長遠距離廣域攻擊，強化弱化補血防禦又一應俱全的她，

即是這防衛戰力的中心。

遍灑強化效果再使出【多重全轉移】之後，她很快就離開戰場，參與這場防衛戰。

既然有預料，採取對策便是當然。

「看我硬燒過去。」

「我的屏障會把妳的火擋下來的啦～」

芙蕾德麗卡的任務和莉莉同樣是爭取時間。讓他們到了王城，勝利就飛了。

「我們還要看好薇爾貝呢……！」

培因已經簡短傳訊告訴她薇爾貝正高速襲來。

得先處理蜜伊，然後退到王城防守。

「好～大家加油喔～！」

「「「喔喔喔喔喔！」」」

芙蕾德麗卡登高一呼，為全力戰鬥解放技能。

「【瑪那之海】。」

「【豪炎】！」

碰了就要成為焦炭的烈焰正面襲來。對此上前的不是塔盾手，而是芙蕾德麗卡。

「【超多重屏障】！音符，【增幅】【輪唱】！」

極大量屏障瞬即排開。如果一面、十面不夠，一百面怎麼樣？

芙蕾德麗卡設下的屏障在蜜伊的火焰下也依然健在。

「好啦～你們幾個～沒事了就趕快打起來～！」

「【超加速】！」

「【戰吼】！」

見到芙蕾德麗卡徹底擋下蜜伊的攻擊，眾人一擁而上。

把防禦交給現在的芙蕾德麗卡，是完全沒問題。

「【箭雨】！」

「哼哼～【超多重屏障】【超多重炎彈】。」

她用大量屏障擋下從天傾注的箭雨，並於背後張開大量魔法陣。

受音符支援而倍增的炎彈，挾帶不輸蜜伊的威力襲向敵群。

近戰攻擊也被芙蕾德麗卡的屏障阻攔。【瑪那之海】強化時間有限，但這段時間等於有無盡MP，冷卻時間也幾乎沒有，愛設多少屏障就有多少，沒有互相削血的問題。

「蜜伊！」

「這樣打不下去！」

「我們也打不到……」

芙蕾德麗卡是同時施放極大量的單發魔法。

和培因與莎莉針對免傷技能的空檔作聯合攻擊一樣，這樣的魔法也極難防禦。

「【灼熱】！要換位置了，再撐一下！」

「「「是！」」」

蜜伊用火焰逼退敵人並補好血之後開始繞道，要遠離芙蕾德麗卡。

可是芙蕾德麗卡等人當然不會放過他們。

「薇爾貝那邊很讓人在意耶……怎麼辦？」

「顧此失彼反而更糟喔。」

「妳那個時間也有限吧，沒了以後蜜伊會更難打吧？」

「ＯＫ～是沒錯啦～那就走吧～【超多重加速】！」

眾人達成共識，攻向蜜伊。遠處的雷鳴雖令人放心不下，但不能操之過急。

遭火牆擋開的距離，很快就被芙蕾德麗卡的強化彌補回來。

「別想跑喔～」

「好……我也這麼想。」

「……？」

那語氣不像是已經放棄。難以言喻的壞預感使芙蕾德麗卡握緊法杖。

「馬克斯，果然都沒人發現呢。」

背對火山的蜜伊全身噴發出火焰。即使毫無根據，芙蕾德麗卡仍然感到腦袋裡的警鐘大作。

「【煉獄】！」

「【超多重屏障】！」

芙蕾德麗卡設下了大量屏障以對抗蜜伊的火焰，然而出乎意料的是，蜜伊的目標竟是地面。

蜜伊手握狂焰砸入地面，本該沿地表肆虐的火焰被地面吸收，發出紅光的裂縫廣大地擴散開來。

巨大火柱將天空照得通紅，毫不留情地衝破芙蕾德麗卡的屏障。

當火柱消退，蜜伊更操縱巨龍般的烈焰，飄浮在燒得像太陽的火球中央。

「為了來到這裡，花了我好多時間啊。」

「……那什麼？」

「馬克斯發現的地形效果啊，你們都不知道吧？」

馬克斯的設陷阱能力和感知能力都明顯優於其他玩家，他也是因此發現了這個可以利用的火焰。

火焰也纏上了腳下其他玩家的武器。以蜜伊為中心冒火的地面，就像在述說影響範圍有多大。

「啊……煩耶～！每個人都很誇張！」

「哈哈，妳也有臉這樣講啊？」

地形效果時間有限，因此【炎帝之國】選擇了能使用這些火焰的流水與自然之國。遭到壓制使得他們多花了不少時間才來到這裡，但只要能用這把火攻克敵城，就誰都沒話說了。

「我會說到做到，硬燒過去。」

「不行了的話就快去薇爾貝那邊！」

「知道了！」

他們可沒傻到等著葬身火窟。首先要了解威脅程度，芙蕾德麗卡準備著屏障，看蜜伊怎麼出招。

「【炎帝】。」

蜜伊雙手橫展，在掌前形成火球。

火球吸收扭動的火焰而漲大數倍，掩蓋著芙蕾德麗卡等人的視線下降。

「【超多重屏障】！音符，【增幅】【輪唱】！」

阻擋蜜伊是芙蕾德麗卡的任務。她設下的大量屏障，在隕石般墜落的兩顆巨大火球撞擊下一一爆碎。

「【蒼炎】！」

藍火混紅火，跟在火球之後射來。

「靠！……對不起，救一下！」

「【精靈聖光】【掩護】！」

「進攻！」

芙蕾德麗卡接不了招，巨大火球遍灑火焰。

【炎帝之國】也趁此良機轉守為攻，揮動纏繞火焰的武器斬向芙蕾德麗卡。

「【掩護】！」

「【閃光矛】！」

眾人一邊保護芙蕾德麗卡，一邊回擊接近的玩家。儘管如此，火焰的強化仍填補了芙蕾德麗卡製造的能力值優勢，戰況大不如前。

「【超多重炎彈】！」

「【灼熱】。」

芙蕾德麗卡不甘回擊的火焰，也被蜜伊的業火吞噬。

狂躁的火焰激烈得有如火山，簡直成了天災。

「她真的太恐怖了啦！」

「芙蕾德麗卡，真的沒辦法了嗎！」

「沒有沒有沒有～！真的不行～！」

留在這裡抵擋他們進攻，也爭取不了多少時間。再過幾輪攻防，能強化【炎帝之國】全體的火焰勢必會將他們燒得一個也不剩。

塔盾手和梅普露一樣，用【衝鋒掩護】高速移動。能跑的就用【超加速】等一切能加速的技能，抓住芙蕾德麗卡盡全力脫離現場。

「直接跑到城鎮～薇爾貝那邊也很不妙喔～！」

「知道！」

芙蕾德麗卡等人感到敵方攻勢比想像中還要猛烈，絕不是垂死一搏或死亡突擊，急忙趕回城鎮。

對方單純是將最後的勝算聚焦在這一點而已。

回到城裡，【瑪那之海】也該失效了，防衛能力堪慮。不過說喪氣話也沒用。

「我再幫你們上ＢＵＦＦ，想辦法撐住吧～！也只能這樣了～！」

「不會讓妳太早休息啦。」

「一定保護妳到坦倒光為止！」

先不論吸收火焰的蜜伊本身，芙蕾德麗卡的法術還能對抗獲得強化的【炎帝之國】成員。

「【超多重炎彈】【超多重風刃】！」

被人揹著的芙蕾德麗卡趁著【瑪那之海】還有效，回頭灑魔法。

蜜伊操控的火焰純粹是提升火力，對防禦力沒影響，牽制不會白費。

「糟糕～責任重大啊。」

「守下來的話不討點獎品怎麼行。」

「你們那邊一定要贏喔！」

芙蕾德麗卡背對沖天巨焰死命地跑。無論狀況變得怎麼樣，敵人肯定是打死不退。只要能守住王座，代價多大都可以。

薇爾貝帶著周圍玩家，從敵人眼前消失後，莉莉的召喚兵立刻填滿了空缺。

打也打不完的無限士兵成為肉盾，攔阻梅普露等人的去向。

而最大的高牆，真的就是守護城鎮的城牆，不是所有人都能飛越它。若能破壞較為脆弱的城門周邊開個大洞，所有人就能輕易攻進去，可是召喚兵之牆不會讓他們那麼容易靠近。

「【聖龍光劍】！」

「【傀儡城牆】！」

培因要同時攻擊士兵與城牆，正前方的士兵卻又重組起來代承傷害。

倍增的士兵所構成的厚牆不是不會毀壞，然而他們傷不到後面的城牆。

敵方玩家為了盡可能降低他們的火力，做出命懸一線的決死攻擊。克羅姆一面保護結衣幾個，一面窺探破綻，要盡可能將結衣平安送到牆邊。

當所有人都開始有點焦急時，後方有劇烈火柱衝上天空。

不用親臨現場，也知道那是蜜伊的傑作。

「莎莉，妳怎麼想！」

「情況說不定有點糟糕。」

即使知道有芙蕾德麗卡等玩家負責防守工作，但見到蜜伊打出前所未有的巨焰，再加上薇爾貝助陣，很難斷定他們守得住。

「怎麼辦，回去會比較好嗎！」

梅普露用【機械神】是可能來得及回去，不過——

「妳一定要留下來進攻，大家都很需要妳的減傷和砲火。」

「奏……」

懸浮在梅普露頭上的黑色巨筒——【古代兵器】會定時向前方發射光束，是掃蕩召喚兵的重要武力。

「可是……真的好嗎？」

「會怕的話，我先問一個問題。」

奏從書架取出一本全白的書。

「我自己是可以回去，去了就回不來了。」

奏要對【大楓樹】會長梅普露問的是——

如果他回去爭取時間，這裡能不能贏。

「看我的！我加油看看！」

「OK，那就試試看吧。其實我也很擔心。」

記住奏所有技能的莎莉也知道他想做什麼。

「我們只要及時打穿城牆就能贏。」

一旦軍隊淹入城鎮，路線就有多種可能，攔起來就沒現在這麼有效了。

「那我也回去吧，應該會有其他方法。」

克羅姆在攻城上貢獻有限，若還能回防就得盡快。

若不擇手段，方法自然是有。

「所以說是要那樣吧。」

「我隨時都可以。」

六人迅速交換意見，請周圍的塔盾手協助。

決定可以放過多少風險和最終目標後，六人立刻展開行動。

沒時間讓他們猶豫了。

從高處俯瞰戰場的莉莉，發現位在後方的【大楓樹】成員有可疑舉動。

奏腳下張開了白色魔法陣，伊茲取出黑色巨球，玩家們一一鑽進去。

「那是……」

莉莉不太清楚那是在做什麼，只知道肯定有企圖。

於是派兵過去，周圍玩家也一併突襲。

「要擋下來喔，梅普露！」

「嗯！【獵食者】！」

伊茲先到集團中央避難，梅普露和莎莉得保護需要時間施放法術的奏、進入球體的克羅姆等人和站在他們前方的結衣。

「【開始攻擊】！」

「朧，【影分身】！」

「唔……」

「不要怕！」

得以穿過梅普露火網的【Rapid Fire】成員，立刻遭到【獵食者】攻擊。

亂逃一通是贏不了的，再說現在也不該扮演逃跑保命的角色。

他們以受傷玩家和頹倒的召喚兵等一切可能為盾，從各個方向圍攻結衣和奏。

每個都準備好使用穿透攻擊，敢用【獻身慈愛】就連梅普露一起擊敗。

然而就在那之前，奏和結衣也準備好了。

「嗯。要贏喔，梅普露。」

「看我的！」

「【傳送】。」

奏伴隨光芒消失了。

身旁是高舉巨鎚的結衣。

「克羅姆大哥！拜託你了！」

巨鎚一掃而出，狠狠敲打伊茲準備的球體。

巨響、衝擊，塞滿塔盾手的救援部隊飛過天際。在事前把能用的強化能力全用掉的克羅姆等人，成了天上的流星。

唯一能敲出他們而留下的結衣，自然成了其餘玩家的目標。

結衣無法應付他們全部，不想個辦法是必死無疑。

然而她還有一項重大工作要做。她重新舉起兩把巨鎚，回頭望向高聳的城牆。梅普露和莎莉可以保護她，但在評估過剩餘時間後，她們決定反過來利用這點。

「【古代兵器】！」

「【高壓水柱】！」

梅普露的武器鏗一聲變形，擊出隨消耗能量增幅的最大火力。當梅普露轟開前方的士兵，莎莉緊接著擊出水柱沖倒更多士兵。

莉莉重新召喚的時間非常短，可是那已經開出了一條毫無遮掩的通道。

「【擲出武器】！」

結衣抓緊這一瞬雙手使勁，連同【拯救之手】所握的巨鎚，一次丟出八個鐵塊。武器留下特效軌跡，命中正前方城牆的同時，刀劍斬過了不迴避也不應戰的結衣。

儘管如此，她仍擊出了更甚於將克羅姆等人打上天空的巨響。

結衣擲出的武器，以不像是一名玩家的威力達到了攻城鎚的效果。高聳的城牆正面爆碎，漫漫沙塵後方顯露出對方保衛的城鎮。

這下梅普露他們能攻進去了。

「再來要加油喔！」

往勝利又前進了一大步。結衣看著玩家們打倒士兵，衝過毀壞的城牆殺進城鎮，放心地消逝。

城牆一毀，能進去的不僅是玩家，也包含怪物。

終於攻進城下鎮了。通往高地王城的大道上，擠滿了莉莉召喚的士兵。她在城鎮裡也設置了【全軍出擊】的士兵出生點。

分析過自身戰力，冷靜判斷輸面高而做的事前準備，確實地延長了勝負底定之前的

時間。

不在任何人控制之下的怪物們擠開玩家，跑過大街小巷，飛越屋頂，爭先恐後地衝向王城。

這樣的怪物一個個遭到麻痺、刺穿，爆散而消逝。

「有埋伏！」

「還有陷阱！小心一點！」

到處都有人在警告彼此，戒備陷阱從隱蔽處偷襲。與大型戰鬥所發生的平地相比，在享有地利的城下鎮，人數比對方少也打得起來。想自由行動，就需要仔細掃雷，但現在沒這種空閒。

「伊茲姊！」

「我們來強行突破！」

「知道了，給妳們看看我的壓箱寶！」

伊茲打開道具欄取出一項道具。那是由幾條支柱固定在地面上，砲口朝天的巨砲。

「三……二……一……！」

巨砲在劇烈爆炸聲中噴火，往天空打出紅光閃耀的砲彈，然後就當場崩解成光點消失了。砲彈只有一發，製作時間長，耗材又多，是極為奢侈的一砲。

即使用過即毀，道具也要使用才能發揮價值。砲彈不久於空中爆發，化為無數小紅光灑向地面。超大範圍、不分目標、無法微調，完全是平常的伊茲式攻擊。

「要擋好喔！」

「「「【大型魔法屏障】！」」」

道具造成的攻擊不分敵我。若不做好防禦，自己人也會損傷慘重。張開屏障保護全軍之後，爆炎和衝擊波猛烈襲來。

會因衝擊觸發的陷阱全部啟動，專注於潛行而沒注意到轟炸的玩家受到致命傷，到處奔竄的怪物也很遺憾地屍橫遍野。只見城下鎮到處冒火，成功削減了大量召喚兵。

「伊茲姊果然厲害！」

「太好了。」

「大家跟著培因衝！我已經很難再有什麼幫助了。」

意思是不要再多花時間顧她，趕快攻城。梅普露和莎莉也望著遠方的城堡，踏上火舌四起的大道。

◆□◆□◆□◆□◆

梅普露那邊攻進城鎮時，奏也推開公會基地的門跑出來。

「城鎮還沒事……」

【傳送】只能讓使用者傳回公會基地，也就是只能回城，這次則幫了大忙。

在最短時間內趕回城鎮的奏，見到城下鎮尚未被蜜伊和薇爾貝染指而鬆了口氣。

【大楓樹】的公會基地離城牆很近，奏為查看狀況而往城門去時，正好見到玩家們抱著芙蕾德麗卡倉皇回逃。防守玩家少了很多，包含後面的倖存者在內，能防衛的玩家剩不到三分之一。

「芙蕾德麗卡！那邊怎麼樣？」

見到奏大喊著跑來，芙蕾德麗卡瞪圓了眼。

「咦！是、是奏？他怎麼……隨便啦，現在狀況很糟……！」

話還沒說完，城牆已冒出紅光，像奶油一樣融化並噴出烈焰。

「剛好趕上的樣子。」

蜜伊從牆上開出的縱向大洞現身。附於其身的火焰在燒穿城牆後就迅速衰弱，但它輕易破壞了梅普露等人花了不少工夫才攻克的城牆仍是不爭的事實。

隨後玩家們前仆後繼地湧進來。

「再來就是殺進城堡了吧！」

「沒錯。」

這支主要以【thunder storm】和【炎帝之國】組成的聯軍人數雖比另一邊的梅普露他們少，卻已足以攻陷王城。

「芙蕾德麗卡，打籠城戰了。」

「你想怎麼守？」

「盡可能爭取時間，然後……全部大鍋炒。」

奏從書櫃取出黑皮魔導書。

「那我去把附近的人叫回來。直接打贏也沒關係喔～？」

「哈哈，可以就好了。」

芙蕾德麗卡就此告辭，敵軍則完成初步掃蕩，往這邊過來了。

見狀，奏翻開了自從他取得【魔導書庫】以來，已經在書櫃裡躺了很久的魔導書。

「【禁術．災厄風暴】。」

天空急速發黑，匯聚的雲流渦漩起來。四處奔竄的漆黑電光破壞周遭屋舍，連友軍也一起燒，並噴灑黑色的火焰。

敵軍到了這一步也不能輕易犯錯。眼前是誰也沒見過的技能，極為顯著的威脅，他們與勝利的距離可沒近到能盲目衝進去。

「這個魔法，還挺有意思的喔。用愈多技能跟魔法威力愈強。」

「「……！」」

此話是真是假猶未可知。奏在背後顯現出塞滿魔導書的書櫃，要請他們親身體驗。

「我一本也不會省的。」

奏如此宣言的同時，背後書櫃飛出大量魔導書，張開難以計數的魔法陣。

「【大楓樹】真的是……」

「真的全都怪物的啦！」

狂風呼嘯，洪水翻騰。從即死效果的黑霧，到潑灑異常狀態的詛咒都有。

那全都是絕招級技能，也是頭上風暴的糧食。技能計數以驚人速度飆高，愈發強烈的黑雷與黑焰，甚至不比蜜伊和薇爾貝遜色。

「拿出氣勢跟他們拚了！」

「不准撤退，贏下來！」

「「「喔喔！」」」

他們本來就是抱著跨越一切困難的決心來到這裡的。

蜜伊等人也會為擊倒面前的威脅——奏而全力以赴。

梅普露等人完全將防衛交給另一邊，衝向敵方據點的核心。

「【水道】！」

「【古代兵器】【開始攻擊】【流滲的混沌】【毒龍】！」

自爆飛行會牽連周圍，於是她在莎莉的協助下，用伸往空中的水道拉高高度，在視野開闊處灑起子彈。

擅長廣域攻擊的梅普露，將大道兩側塗滿毒液，前方在兩種火器為主的猛攻下化為焦土。

雖然【救濟的殘光】帶來的持續補血和傷害減免讓他們打起來安穩很多，這裡仍是敵陣正中央。傾注的魔法奪去一條又一條的生命。

但攻勢沒有因此停下，只要最後有一個人能碰到王城最深處的王座就行。

「雷依！」

「我們也飛過去！能飛的跟上！」

建於高地的王城前，只有一條長長的階梯，陣形將被迫拉得細長。於是能飛的玩家便從空路攻打王城。

當他們先一步來到王城大門前的廣場，一排排手持火槍的士兵和旗幟擎地而立的莉莉已經在那裡等著了。

「不好意思，請你們下去。【追加召集】！」

戒備的培因，發現階梯發出了光芒。

「唔喔喔！」

「啊！」

莉莉召喚的士兵，從奔上階梯的玩家腳下冒了出來。

「哇哇！」

「梅普露！」

莎莉迅速用絲線救出梅普露，在空中製造隱形踏點避難。可惜她救不了所有人，士兵一一頂翻玩家，失去平衡就直接往遙遠的樓梯底滾下去。

這是利用地形的一對多。由於莉莉能無中生有，才能從敵人的意料之外攻擊剎那間的疏忽。

鏘地一聲，士兵們一齊舉槍。

「【上穿甲彈】！」

「梅普露，穿透攻擊要來了！」

眼看大量同伴即將摔死，梅普露打算發動【獻身慈愛】，可是培因也在這時見到莉莉出招而警告。

如果每個士兵都射一發，這穿透攻擊的數量將十分可觀。梅普露不是莎莉，算好【抵禦穿透】的時間使用【獻身慈愛】這種事，是心有餘而力不足。在這麼複雜的狀況下，很難抓準時機。

而墜落的玩家也不知是否了解梅普露的掙扎，紛紛喊來：

「別管我們！」

「反正摔下去就來不及了！」

「不如……」

與其摔死，不如改用那唯一能善用他們生命的方法。

「「「吃了我們吧！」」」

「……！莎莉！」

「【高壓水柱】【凍結領域】！」

梅普露瞬時了解了他們的想法，莎莉也明白梅普露的意圖。

莎莉凍結水流讓還沒摔落的玩家有地方避難後，梅普露發動了【獻身慈愛】以外的技能。

「【重生之闇】！」

整片的黑。無視高度的黑泥以梅普露為中心沿地面擴散，將遙遠下方的地面也都全部染黑。

墜落而無處可躲的玩家勉強撐過槍彈的射擊，一個個接近地面。

隨後感到的不是撞擊，而是永無止境的沉沒。一片無底沼澤般的黑暗溫柔地接住了所有人。

總共有一、兩百人的墜落玩家，全都變成異形爬出地面。

「各位！拜託你們了！」

聽了梅普露的請求，原為人類的異形們紛紛越過黑泥中層層堆疊的異形，用鉤爪爬上懸崖，往王城前進。

不久，玩家化成的異形在莉莉眼前探出頭來。

「哈哈，想也沒想過能活著看見自己變成被妖魔滅國的角色。」

眼看著怪物破壞了正門前的柵欄與噴水池，莉莉也退避到城堡裡。前往王座廳，要盡全力爭取時間。

儘管異形體型巨大，有些因空間不足而跌落，但它們仍破壞了城堡的牆體、窗口，由外而內破壞所有接觸到的東西。

城內也竄起火焰和黑煙，末日已近。

奏所鎮守的王城前，不停彈跳的黑色電光將周圍的城下鎮建築全部夷平，變成只剩殘磚破瓦的荒涼廢墟。

「【灼熱】。」

「【紫電】！」

「【超加速】【緩慢力場】【破壞砲】！」

奏以加速和減速拉大速度差距，躲開蜜伊和薇爾貝的攻擊，遠離想鑽過災厄風暴的縫隙而突襲的敵方前鋒，以閃耀的白色光束葬送動作慢的一個。

「你真的什麼都有耶！」

「嗯，也不是什麼都有啦。【死神之鐮】。」

隨著奏的宣告，一把沾滿汙血的巨鐮抵上薇爾貝的頸項。

「！」

「反應真夠快的。」

在回鉤的鐮刀砍下薇爾貝的腦袋前，她猛一仰身躲開了攻擊。

既然無法預測，就只能靠反應躲了。

「蜜伊，這樣下去不是辦法！」

「薇爾貝，如果妳逼得上去就會有破綻，可以嗎？」

兩人接受各自公會成員的建議，決定冒險一搏。

奏的漆黑電光不知會持續到幾時。他們沒什麼時間能花在這裡，不能和奏這樣一直耗下去。

「【電光飛馳】！」

薇爾貝一併加速周圍同伴，帶幾個人往奏直線衝去。

蜜伊則是騎伊葛妮絲飛上空中。

「【大自然】！【龍捲風】！」

奏用巨大藤蔓限制對方行動，並颳起龍捲風。只要擋下，漆黑電光自然會燒死他們，可是奏也是相同處境。對面是能操縱電雨的薇爾貝，必須避免進入攻擊範圍。

「【衝鋒掩護】【掩護】！」

掩護薇爾貝往前衝的玩家們沒入狂風，被漆黑電光燒得全身起火。

「謝謝！」

薇爾貝簡單道謝，更進一步接近奏。打倒奏是報答他們的唯一方法。

「【疾驅】【超加速】！」

急劇加速的薇爾貝將奏納入了電雨的範圍。

「【大型魔法屏障】！【大地之槍】！」

「【卸轉】！」

奏以屏障抵擋雷電，地面刺出的岩椎牽制薇爾貝。

可是薇爾貝用技能化解了奏的攻擊，踏出最後一步。

「【全神一擊】！」

「【閃現】。」

「嗯嗯？」

奏留下殘影，向後移動。

薇爾貝的拳雖揮了空，魔法仍從四面八方圍殺退避的奏。

「「「【紅蓮波】！」」」

是【炎帝之國】的招牌焰浪。即使人數只剩約三分之一，還有足以施放強力魔法的玩家在。

不過強歸強，在距離遠的狀況下並不是躲不掉。

奏從容閃避，留下一地焰浪，將注意力轉向薇爾貝的電雨。

「【轟雷】！」

薇爾貝身上爆出雷柱。奏看準技能的僵直時間，鑽過縫隙移動，同時用電光燒死保護薇爾貝的玩家。這群人也知道想勝利不可能不用付出代價，都已經決定為勝利作出戰略性的犧牲。

「【火炎牢】！」

「……！」

用複數廣域攻擊讓奏無路可逃，意識離開完全不攻擊的蜜伊時，她用巨大的火焰牢籠關住了奏。

「無敵技能……都用完了。」

奏沒記錯，所以知道沒有技能能打破現況。看著逐漸被火焰削減的ＨＰ，他笑著接受這結果。

「嗯……如果我走位跟莎莉一樣厲害，說不定已經贏了。」

「要是再多一個，真的受不了的啦！」

「呵呵，說得也是。」

奏知道自己已經拖延了不少時間，相信梅普露她們一定能成功而淡然消逝。

「我們上！」

薇爾貝帶頭奔跑，衝向王城。

奏之前張設的是誰也不能踏進來的領域，使得周邊一個人也沒有。

「蜜伊！先下手為強！」

「知道了。城堡裡的玩家我來燒。」

「前面的我來搞定！」

為了讓知道奏倒下的玩家盡量遠離王城，他們開始魔法攻擊。

「【過載蓄電】！」

打不出電擊時，這場活動應也分出了勝負。釋放全力的薇爾貝上空電閃雷鳴，等待雷神出擊之時。

「【電磁跳躍】！」

薇爾貝抱著無論如何都不能讓勝利溜走的氣勢向前飛躍。

「【雷神之鎚】！」

雷柱串聯天地。防守玩家各展技能死守時，【thunder storm】的成員也果決突擊。

會長薇爾貝的強大，和利用其強項的打法都已耳濡目染。

「看招！」

「那邊，別讓他跑了！」

「唔……」

「可惡……」

被雷吞沒的玩家就算沒死，視覺也遭剝奪。趁隙快速接近用無敵技能撐下來的玩家，即是他們與薇爾貝的基本搭配。

當雷光消散，其中玩家已無一倖存。那原本就是這樣的技能與打法。第一次那時被他們躲得那麼漂亮，完全是稀有案例。

要是躲到範圍之外，就追不上趕往王座的薇爾貝等人。既然他們不用考慮怎麼回去，後面追來的玩家便與已經打倒了無異。

「果然厲害！真的很可靠耶！」

「還說這做什麼，快去！」

「知道啦！」

薇爾貝等人奔上階梯，直指王城。先一步乘伊葛妮絲飛到高台之上的蜜伊，身上纏繞著不死鳥的火焰。

「【化己為火】……【煉獄】！」

迸射的火焰掃蕩門庭，燒去大門，竄入城堡之中。蜜伊的攻擊使附近房間全陷入火海，無處可逃。只要在射程內，全都不由分說地化為焦炭。

現在連清場的時間都要能省則省。

「蜜伊！我進去嘍！」

「好，走最短路線！」

城堡構造都已經記熟了。兩人跑過走廊，穿過階梯，經過轉角。

就在這時——

「【多重炎彈】！」

「【衝鋒掩護】【掩護】！」

「啊～如果這樣能幹掉就好了～」

芙蕾德麗卡就等在王座廳之前，左右有許多走廊通往其他房間的寬敞通道上，但不是只有等而已。

面前還擺了一整排含克羅姆在內的塔盾手。

「你們怎麼在這裡！」

「哈哈……多虧了舒適的空中之旅。」

結衣敲出的鐵球準確落在王城附近，再來就是在奏爭取的時間內死命地跑。

多虧奏纏得夠久，總算在最後關頭趕上了。

「換我來跟你們死纏爛打！涅庫羅，【幽火放射】！」

「【多重炎彈】！音符，【增幅】【輪唱】！」

「「【掩護】！」」

克羅姆和芙蕾德麗卡擋下火焰，對方的塔盾手反遭火焰焚身。

這裡空間不夠任意閃避，而克羅姆這邊也一樣。

「【紫電】！」

「【蒼炎】！」

「「「【掩護】！」」」

填滿了整條通道的烈焰與雷電，不是能正面承受的東西。為盡量拖延時間，他們採取犧牲自己保全他人的方式，每次攻擊人數都少一半，可是這樣能將負責攻擊的芙蕾德麗卡保護到最後。

「【電磁跳躍】！」

「「【超加速】！」」

「小心別讓他們溜過去！」

他們挺身抵擋衝過來的玩家。

克羅姆站在薇爾貝面前舉起塔盾，揮出短刀。

「【雙重擊】【連鎖雷擊】！」

「唔……！」

塔盾擋下二連擊，迸射的雷電卻將克羅姆的ＨＰ削去一截。

「「【紅蓮波】！」」

「【豪炎】！」

「克羅姆！」

「【精靈聖光】【掩護】！」

克羅姆使用免傷技能，掩護芙蕾德麗卡並撐過焰浪。然而衝破焰浪逼近的薇爾貝在無敵時間結束的同時擊出快狠準的一拳。

「【多重療傷】！」

「唔……運氣不好。」

盾被薇爾貝撥開，使克羅姆表情苦澀。第一次的【非死即生】沒有發動，把【不屈衛士】用掉了。

「繼續強攻！」

「涅庫羅，【死亡之重】！」

「【多重炎彈】【多重風刃】！」

「不要怕！」

芙蕾德麗卡的魔法取走了不少玩家的性命，可是他們不閃不躲地用魔法回擊，接連擊倒保護芙蕾德麗卡的塔盾手。

「【全神一擊】！【放電】！」

眼看過了他們就結束了，薇爾貝側步躲避克羅姆的盾，以重拳將他打飛後，魔法的火力支援使他的ＨＰ瞬時見底。

才撞上牆，薇爾貝的多段雷電傷害又猛襲而來。

他靠【非死即生】撐了好幾次，最後仍感到視線逐漸發黑。

「可惡，算你們會打……」

克羅姆消逝當中，蜜伊的火球也逼向最後的芙蕾德麗卡。

「【炎帝】！」

「多、【多重屏障】！」

「抓到了！」

「糟……！」

為抵擋蜜伊的攻擊而使出屏障時，薇爾貝竄了過來橫毆一拳，使她往右飛去。

她這樣純粹的魔法師撐不住這一擊，直接撞上裝飾用的盔甲，不再動彈。

眼前就是王座，領頭的薇爾貝拔腿就跑。

流水與自然之國這邊，莉莉在半毀王城最深處的王座廳叫出士兵構築最後防線。

劈啪、喀嘰，異形伴隨不該出現的聲響破壞牆壁正面襲來。

前有培因、莎莉，隨後還有異形，莉莉不可能將他們全部打倒。

「【斷罪聖劍】！」

「【超加速】！」

不需要再多說什麼。培因掃開召喚兵，莎莉衝上前去。

「【重新生產】【傀儡城牆】！」

莉莉製造物理障礙，要盡可能拖延時間。

「朧，【神隱】！」

莎莉單獨用朧的技能消失不見，直接穿牆。

莉莉緊握旗幟，只要一擊就能打倒莎莉，但她確定那是不可能的事。

「【甦醒】【權能・劫火】！」

莉莉蹣跚地用火焰填滿狹小空間。就算是莎莉，沒空間也無處閃避。

「【跳躍】！」

在火焰湧上之前，莎莉跳了起來。穿過莉莉頭頂，往王座飛去。

「別小看我……！」

周圍都是烈焰。如果頭上的莎莉不是本尊，已經燒死了。

於是莉莉絞盡力氣刺出旗槍。

「【替身術】！」

「什麼……！」

交換過來的是黑甲少女。莉莉刺出的槍尖準確地擊中胸口。

可是沒造成傷害。

全點防禦力的身體被槍頭直接頂飛，滾到王座才停下來。

緊接在激戰過後的奏樂，宣告的是梅普露等人的勝利。

「只差一步的說。」

薇爾貝不甘心地在王座前一步位置敲敲眼前的屏障。

這道阻隔，將最後衝刺的薇爾貝攔住了那麼一下子。

回頭時，她見到的是趴在地上向前舉杖，ＨＰ只剩1的芙蕾德麗卡。

「妳怎麼還活著啊？」

「呼……呼……算我運氣好吧～還有克羅姆罩我～」

「唔，真的被他死纏到底了啊……」

克羅姆在消逝之際，用【信鴿】將一個技能傳給了芙蕾德麗卡，那就是【非死即生】，好讓她有機會捱過承受不了的攻擊。而芙蕾德麗卡也利用這點，事先移到會撞進盔甲堆的位置，好隱藏發動特效。

憑著一點運氣，絞盡一切所能而賺取的一瞬間，左右了戰鬥的結果。

隨著活動結束，所有人發出光芒，即將回到正常地圖。

「雖然可惜，不過這仍是一場精彩的勝負。希望下次能贏。」

「下次一定要讓絕德和多拉古多辛苦一點才行……」

「很好玩喔！可是我真的好想贏喔……！」

感想等等再聊。在場玩家身上的光芒驟然增強，從活動區域消失不見。

另一邊，激戰過後的梅普露疲累地從王座邊慢慢爬起。

「打得很好。妳真的很強，說不定不應該把他們撞下去的。」

使用【權能】而渾身無力的莉莉，看著一一消逝的異形對梅普露說。

「我本來想用【獻身慈愛】，可是莎莉叫我改成這樣。」

「啊……如果是那樣，說不定我就贏了。」

「梅普露，NICE喔～！」

「這一步太漂亮了，NICE PLAY。」

「啊，莎莉！培因！」

「梅普露，妳成功了！」

「我們成功了！嘿嘿嘿，我有努力喔！」

這邊的光芒也愈發強烈。感想，應該是改天再聊了吧。

「下一次之前，我先來把【權能】練到撐得住好了……」

「唔唔，到時候要跟我們一國喔。」

「哈哈！這個嘛，我考慮考慮。」

在最後與莉莉對話後，光芒掩蓋了梅普露的視線。

後記

一時興起而捧起第十五集的讀者，幸會。一路看到這裡的讀者，請接受我無比的感謝。大家好，我是夕蜜柑。

這次想說的，只有一個。沒錯，《防點滿》的ＴＶ動畫第二季終於開播了！

感覺好像過了很久，又像是一眨眼而已。第一季播出時，我想也沒想過又能見到栩栩如生的梅普露他們呢。

各位的支持，讓我又體驗到以為不會再有的夢幻時刻，所以我也會盡全力去享受的！梅普露從第一季之後成長了很多……很希望見到她在各個場面的精彩表現。

呵呵，詳情我不能說太多，請大家一定要用自己的眼睛看一遍喔。

如果大家喜歡ＴＶ動畫，我也與有榮焉！

看完了要把感想告訴我喔，愈多愈好！

然後，期盼我們在未來的第十六集再會！

夕蜜柑

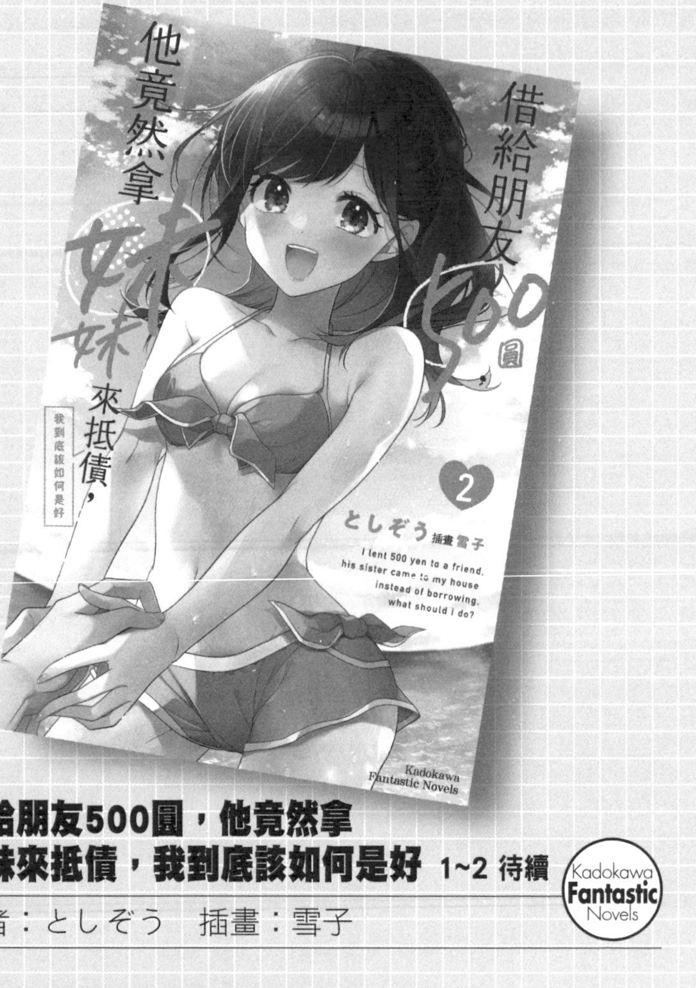

借給朋友500圓，他竟然拿妹妹來抵債，我到底該如何是好 1~2 待續

作者：としぞう　插畫：雪子

從五百圓開始的夏季戀愛喜劇第二幕！
朱莉的摯友小璃來襲——！

儘管發生了些小意外，求與朱莉之間的同居生活不知為何非常順利。不過朱莉畢竟是位考生。為了幫助想跟求與哥哥就讀同一所大學的她，求決定和她一起去參加校園參觀活動。結果到了當天早上，竟然有一位讓求感到懷念且熟悉的美少女突然來到他家——！

各 **NT$230~240/HK$77~80**

安達與島村 1~11 待續

作者：入間人間　插畫：raemz　角色設計：のん

長大成人的安達與島村會去哪裡旅行？
描述不同時期兩人間的夏日短篇集

小學、國中、高中——夏天每年都會嶄露不同的面貌。就算我每一年都是跟同一個人在同一段時間兩個人一起享受夏天，也依然沒有一次夏天會完全一模一樣。這是一段講述安達與島村兩人夏日時光的故事。

各 **NT$160~200/HK$48~67**

為美好的世界獻上祝福！ Fantastic Days

作者：昼熊　插畫：三嶋くろね　原作：暁 なつめ　協力：Sumzap

在此為您獻上人氣手機遊戲
「為美好的世界獻上祝福！Fantastic Days」改編小說

過著頹廢生活的和真被惠惠和達克妮絲拖去參加任務，然而惠惠的爆裂魔法一不小心波及某個團體搭乘的馬車——！這下不但背負高額負債，還得照顧舞者團體「阿克塞爾之心」。然而和真竟然表示「靠偶像經濟來還清債務吧——！」擔任她們的製作人！

NT$220/HK$73

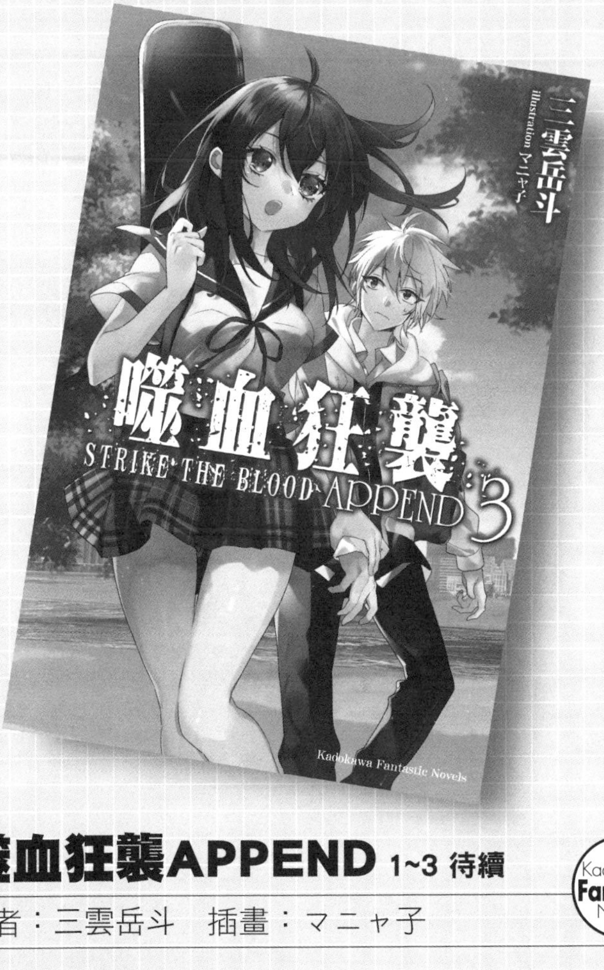

噬血狂襲APPEND 1~3 待續

作者：三雲岳斗　插畫：マニャ子

眾所期待的番外篇第三集，
收錄了十五篇短篇、極短篇與附錄內容。

古城與雪菜拜訪了「高神之杜」，他們會遇到什麼古怪事件？〈樂園的婚禮鐘聲〉。徘徊街頭尋找第四真祖的翹家少女遇見了一個奇妙的小學生？〈普通的我也有奇遇……〉。古城主動邀雪菜到咖啡廳，要談關於將來的事？〈不適合第四真祖的職業〉。

各 **NT$200~220/HK$67~73**

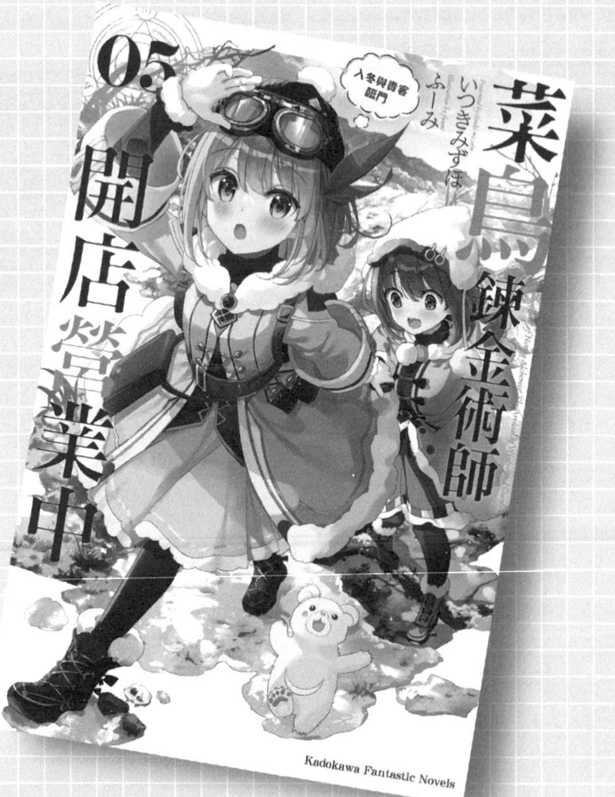

菜鳥鍊金術師開店營業中 1~5 待續

作者：いつきみずほ　插畫：ふーみ

採集家入冬停工導致店裡生意門可羅雀
此時卻有皇族貴賓登門委託!?

約克村的採集家們到了冬天會暫停工作，導致店裡生意門可羅雀。此時忽然有一位皇族貴賓登門拜訪。珊樂莎等人無法拒絕皇族的要求，只好前往危險的雪山採集需要的材料，卻遭到魔物攻擊！而且這場襲擊的幕後主使者竟是領主吾豔從男爵!?

各 **NT$240~250/HK$80~83**

VENOM求愛性少女症候群 1~3 待續

Kadokawa Fantastic Novels

作者：城崎　原作／監修：かいりきベア　插畫：のう

出自超人氣歌曲的原創青春故事第三集！
煩惱少女們的青春故事第三彈開幕——

見到娜娜和艾莉姆的努力，露露也開始正視自己的症狀，但由於找不到解決方法，只能每天在私帳上發牢騷——「要是求愛性少女症候群消失就好了。」露露試著許下這種無聊的願望。某天早上起床時，症候群竟莫名其妙治好了……

各 **NT$200~220 / HK$67~73**

公主騎士的小白臉 1 待續

作者：白金透　插畫：マシマサキ

以道德淪喪的迷宮都市為舞台，
描述一名「小白臉」與其飼主的生存之道。

這裡是灰與混沌的迷宮都市。公主騎士艾爾玟矢志復興王國，征服迷宮。而大家都批評賴在她身邊的前冒險者馬修是個遊手好閒的軟腳蝦，還是會跟女人拿零用錢喝酒賭博的小白臉。可是，這座城市沒人知道他的真面目，連公主騎士殿下也不知道——

NT$260/HK$87

位於戀愛光譜極端的我們 1~5 待續

作者：長岡マキ子　插畫：magako

手牽著手走在路上。
光是這樣就讓人內心充滿溫暖。

這次將獻上高中生活最大的樂趣——校外教學！經歷了無法如意的人際關係、充滿煎熬的思念之情與許多歡笑的時刻後，大家都逐漸成長。龍斗當然也是——「爸爸、媽媽。謝謝你們生下我。加島龍斗，十七歲，即將登大人啦！」呃……咦？怎麼回事？

各 **NT$220~250/HK$73~83**

你喜歡的不是女兒而是我!? 1~6 待續

作者：望公太　插畫：ぎうにう

同居生活果然騷動不斷？
超純愛年齡差愛情喜劇第六彈揭幕！

我和阿巧正在東京同居中。隨著前女友（？）的問題解決，我們即將往前邁進，展開更加甜蜜的生活——結果卻仍發生了一些狀況……究竟彼此的「第一次」有辦法順利結束嗎？而我甚至目睹了上司狼森小姐的驚人祕密……！最後還有天大的驚喜即將揭露？

各 **NT$220/HK$73**

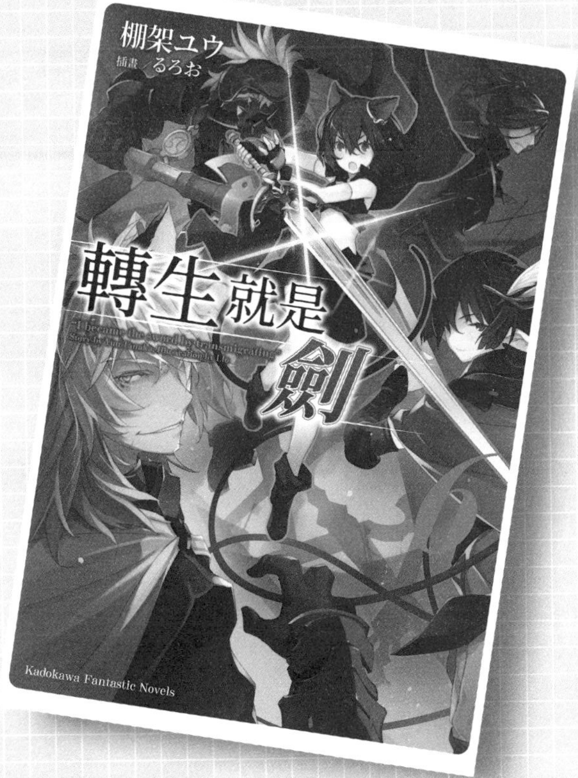

轉生就是劍 1~6 待續

Kadokawa Fantastic Novels

作者：棚架ユウ　插畫：るろお

在武鬥大會迎戰眾強敵！
覺醒——黑雷姬！

武鬥大賽終於正式開鑼。師父與芙蘭在露米娜身邊修行了一段期間，磨拳擦掌準備好挑戰大賽。兩人在預賽一路過關斬將，然而複賽強敵環伺，面對實力遠勝自己的各路好手，芙蘭準備使出殺手鐧，但是……

各 **NT$250~280/HK$83~93**

倖存鍊金術師的城市慢活記

06

The survived alchemist with a dream of quiet town life.

book six

[作者]のの原兎太 [插畫]ox

written by Usata Nonohara

illustration by ox

Kadokawa Fantastic Novels

倖存鍊金術師的城市慢活記 1~6 完

作者：のの原兎太　插畫：ox

這是居住在魔森林的精靈與魔物，
以及人類之間的故事。

對吉克蒙德失去信任的瑪莉艾拉從「枝陽」離家出走。就像是要「回老家」似的，瑪莉艾拉為了尋找師父芙蕾琪嘉，與火蠑螈及「黑鐵運輸隊」一同前往「魔森林」。然而……

各 **NT$260~300/HK$87~98**

重組世界Rebuild World 1~3〈下〉待續

作者：ナフセ　插畫：吟　世界觀插畫：わいっしゅ　機械設定：cell

予野塚車站遺跡出現數隻超大型怪物，
阿基拉與克也參與討伐任務！

過合成巨蛇、坦克狼蛛、多聯裝砲蝸牛，以及巨人行者——這些怪物由於非比尋常的強度，被獵人辦公室認定為懸賞目標。為了討伐超乎常識的怪物，多位精銳獵人集結。阿基拉與克也同樣參與其中！本集同時收錄未公開短篇〈運氣問題〉！

各 **NT$240~280/HK$80~93**

國家圖書館出版品預行編目資料

怕痛的我,把防禦力點滿就對了/夕蜜柑作；吳松諺譯. -- 初版. -- 臺北市：臺灣角川股份有限公司, 2023.07-

冊；　公分. -- (Kadokawa fantastic novels)

譯自：痛いのは嫌なので防御力に極振りしたいと思います。

ISBN 978-626-352-690-7(第15冊：平裝)

861.57　　112007614

Kadokawa
Fantastic
Novels

怕痛的我，把防禦力點滿就對了 15

（原著名：痛いのは嫌なので防御力に極振りしたいと思います。15）

2023年7月5日　初版第1刷發行

作　　者：夕蜜柑
插　　畫：狐印
譯　　者：吳松諺

發 行 人：岩崎剛人
總 編 輯：蔡佩芬
編　　輯：黎夢萍
美術設計：黃永漢
印　　務：李明修（主任）、張加恩（主任）、張凱棋

發 行 所：台灣角川股份有限公司
地　　址：104台北市中山區松江路223號3樓
電　　話：（02）2515-3000
傳　　真：（02）2515-0033
網　　址：www.kadokawa.com.tw
劃撥帳戶：台灣角川股份有限公司
劃撥帳號：19487412
法律顧問：有澤法律事務所
製　　版：巨茂科技印刷有限公司
ISBN：978-626-352-690-7
